Sia Elvira Vaiz

Griechischer Wein

Sia Elvira Vaiz ist am 28.03.1993 in Korneuburg geboren und lebt in Wien, Österreich. Seit ihrem 12ten Lebensjahr schreibt sie englische Lyrik. Ab ihrem 16ten Lebensjahr präsentierte die Autodidaktin sich öffentlich als Solo-Musikerin und trug auf vielen Bühnen fast ausschließlich selbst geschriebene musikalische Werke vor. Wechselhaft spielte sie in diversen Musikprojekten.

Durch ihre Spanisch-Amerikanischen Wurzeln schreibt Sia ihre Musiktexte zum Großteil in ihrer Muttersprache, Englisch. Wenn es um andere Formen von Texten geht, liegt ihre Leidenschaft jedoch im spielerischen Umgang mit der deutschen Sprache. Sie ist weiterhin als Singer/Songwriter unter dem Namen "Sia Vaiz", sowie als Frontfrau der Wiener Rockband "SeralOx" aktiv.

MIX
Papier aus verantwortungsvollen Quellen
Paper from responsible sources
FSC® C105338

Danke an Michi und Dagmar Frick, Ty , Georg Hochecker, Alex Winter, Stephan Sperlich, Floh und Nina für die Mithilfe bei allem rund um das Buch.

Natürlich vielen Dank an jeden der an mich glaubt und das hier liest.

Die eigentliche Widmung gilt den einflussreichsten Menschen in meinem ersten Vierteljahrhundert:

Amadeo Bahr (RIP) und Johannes Erlinger

Nun auf in neue Gewässer!

Jede Ähnlichkeit mit realen Personen oder Orten ist weder beabsichtigt noch zufällig, sondern unvermeidlich.

Enthaltene Liedzitate sind von realen Künstler*innen und werden in der Quellenangabe am Ende des Buches vermerkt.

Bibliografische Information der Deutschen Nationalbibliothek: Die Deutsche Nationalbibliothek verzeichnet diese Publikation in der Deutschen Nationalbibliografie; detaillierte bibliografische Daten sind im Internet über dnb.dnb.de abrufbar.

Herstellung und Verlag:

BoD – Books on Demand, Norderstedt

© 2019 Sia Elvira Vaiz

ISBN: 978-3-7431-9469-4

1. Weder Anfang noch Ende

Mit einem Schlag war alles weg. Weder war ich der Ritter, der ich gerne sein möchte, noch das skrupellose Biest, welches weiß, was es tun muss, um das zu kriegen, wonach es verlangt. Ich war immer noch dieselbe langweilige deprimierte Person wie eh und je, liegend auf dem durchgeschwitzten Sofa zu den Tönen von nächtlicher Telefonsex-Werbung. Der widerliche Nachgeschmack von Bier haftete an meiner Zunge, am Tisch die dazu gehörenden Dosen sowie der überfüllte Aschenbecher, der wohl für meinen brennenden Hals verantwortlich war. Entschlossen griff ich zum Tabak, um mir eine weitere Zigarette zu drehen. Lust darauf verspürte ich keine, es war eher die Gewohnheit, die mich daran erinnerte, mir mal wieder etwas Schlechtes zu tun. Die Frage, ob ich denn diesmal passen sollte, stellte sich mir nicht. Ich kenne dieses Spiel zu gut: zwei Minuten darauf gebe ich klein bei, da mein Hirn mich immer wieder an meine Sucht erinnert. Noch benommen suchten meine Hände nach einem funktionierenden Feuerzeug. Natürlich war es irgendwo in der Sofaritze versteckt. Der Rauch brannte sich noch stärker in meiner Kehle ein und stieg in die warme stickige Luft meines Zimmers. Automatisiert griff ich nach einer halbvollen Dose mit abgestandenem warmen Bier und nahm einen großen Schluck. Mein Gesicht verzog sich sofort. "Notgeile Hausfrauen warten auf dich!" Das glaube ich auch. Es scheint mir wie eine Ewigkeit, die ich liegen bleibe und doch viel zu kurz, als der erste Weckton meines Mobiltelefons sich bemerkbar macht. Ein zufälliger Song aus meiner Playlist. Eine ruhige akustische Nummer, schmerzgeladen, ausdrucksvoll untermalt sie eine brüchig raue weibliche Stimme. Bei der Nummer wäre ich niemals wach geworden.

"Are you trying to tell me something with your eyes..."

Mit aller Kraft hieve ich meinen Körper vom Sofa, um auf wackeligen Beinen zu landen. Jetzt langsam. Ganz langsam. Benommenen Schrittes taumle ich auf das Badezimmer zu, um, mühsam angekommen, erst einmal vor meinem Spiegelbild zu erschrecken. Diese fahle Haut, so Eine würdest du nie in einem Magazin sehen. Die trockenen rissigen Lippen, das Muttermal über der Oberlippe, welches mir anscheinend noch nie aufgefallen war. Die Nase, zu breit, zu präsent im Gesicht...ach was, Nasen sind immer hässlich. So verweile ich nun länger vor meinem vermeintlichen Spiegelbild und starre in befremdliche Augen. Blaue stählerne Augen, die vorsichtig übergehen zu einem grünlichen Rand um die Iris, umkleidet von eingefallenen dunklen Augenhöhlen, die durch die Blässe des restlichen Gesichts umso erschreckender auffallen. Die Augen sind die Fenster zur Seele, wurde mir einst gesagt. Der Spruch entspricht für mich der Wahrheit, ungeachtet dessen wie man eine Seele definieren will. Ich verliebe mich in die Augen eines Lebewesens. Der erste Blick soll mich an das Leben ziehen. Unbemerkt wallen Erinnerungen in mir auf, unaufhaltsam und bestimmt. Erinnerungen an ein pures Wesen, welches mich entkräftete, doch zeitgleich mit solch einer Lebensfreude füllte, wie ich sie noch nie gepürt hatte. Sanft schlug es seine Augen auf und sofort wurde ich in fremde Welten getragen, um in süßer Zweisamkeit in den Sälen der Götter zu tanzen. Wieso ging es fort, wie kam es nur dazu... war ich nicht stets bemüht zu gefallen? Sowieso jedem Menschen, dem ich je begegnet war, wollte ich gefallen. Ich hatte mich verbogen, hatte mich gequält und war stets ein guter Mensch, immer im Bemühen den anderen zu helfen. Warum konnten nicht alle Menschen so sein? Gedankenverloren stelle ich mich in die Dusche, um bald von brennend heißem Wasser ummantelt zu werden. Ein kläglicher Versuch, mich aufzuwärmen, doch kommt die Kälte von innen und bleibt stets präsent. Es ist bloß eine Frage der Zeit bis die Hitze die Kälte verdrängt. Heute ziehst du nicht zurück. Du hast die Kontrolle. Dieser Schmerz ist nicht real. Du bestimmst das hier. Du hast die Kontrolle, Alex…

Alex… „ANNA!" *"Hmm…"* "Du hast die Infusion schon wieder entfernt durch dein Gezappel. Wenn das so weiter geht, müssen wir dir Fesseln anlegen." *"Ich weiß, was mit mir nicht stimmt…"* "Du redest wirr. Das sind die Medikamente" *"Nein, bitte, ich kenne das Problem.."* "Alles wird gut."

2. Funktion. Meine Funktionen.

Funktionieren. Funktionieren.

Ich dachte immer, ich wollte jemand anderer sein. Ich bin mir sicher, viele Menschen träumen davon, am nächsten Morgen aufzustehen und im Spiegel ein fremdes Gesicht zu erblicken. Doch ich träume davon, eines Morgens aufzustehen und endlich in ein vertrautes Gesicht zu blicken. Vergeblich suche ich jeden Tag nach dem bekannten und scheitere. Mit jedem ersten Augenaufschlag an jedem Morgen, den ich erlebe, treibt es mir die Zweifel in den Kopf. Zweifel bei jeder Muskelbewegung, die meinen Kopf mit Fragezeichen füllt, ob sie der Anstrengung wert ist. Jeder Morgen, der sich so leer anfühlt, als wäre er der erste überhaupt. Als hätte es keine Vorigen gegeben. Ich möchte leben, woanders. Als wer anderer. Ich möchte ich sein. Doch würde ich mich kennenlernen, würde ich dies noch wollen? Ich möchte ich sein, als jemand anderer. Wer weiß ich jedoch nicht. Irgendwo muss es doch irgendwie eine Lösung geben! Hier komme ich zu keiner. Auf dieser Ebene nicht. Der Radiowecker schreit auf und erzählt von immer gleichen Staus an immer gleichen Orten mit den immer gleichen Menschen zu immer gleichen Zeiten. Mein Tagespensum für gewalttätige Handlungen erfülle ich meist zu diesem Zeitpunkt, wenn ich den Wecker für seinen undankbaren zuverlässigen Dienst mit der Handfläche bestrafe. Auch heute muss er meine Unzufriedenheit erfahren. Ich wäre so gerne liegen geblieben. Ich hätte so gerne noch ein paar Stunden gelebt.Mich schmerzt jeder Muskel und meine Knochen krachen wie der veraltete Holzboden, über den ich schreite. Die Sonne ist noch lange nicht aufgegangen, denn es ist erst vier Uhr früh an einem kalten grausigen Neujahrstag. An meinen Fenstern sammelt sich Tauwasser. Wieder einmal stellt sich mir die Frage, wozu ich diese verfluchten Dinger eigentlich benötige, da sie die kalte Luft hineinwinken wie offene Gewässer die Mücken. Ich taumle frierend und noch teils erblindet in die Küche, erschrecke wie jeden Morgen wegen ihres scheußlichen Anblicks und stelle mir, angewidert vom Geruch des kalten Kaffees, trotz allem eine Tasse voll in die Mikrowelle. Jetzt darf ich noch alleine sein. Ich versuche dies mit aller Kraft zu genießen und auszukosten. Diese Minuten gehören mir. Fast, denn nun bin ich hier an diesem unerwünschten Ort. Vorhin noch im süßen Schlaf, falls es denn so einer ist, der viel zu selten kommt. Doch wenn er kommt, egal ob mit schönen Botschaften oder doch realistisch mit neutralen Szenarien bis hin zu den schlimmsten Grausamkeiten, zu denen die Menschheit fähig ist, in diesen Stunden darf ich leben. Wie gerne würde ich leben. Mit der kalten Luft strömt auch der Geruch von Schwarzpulver durch meine ramponierten Fenster. Ab und an hört man ein einzelnes Knallen eines Böllers. Ich setze mich mit meiner Kaffeetasse in der Hand

Griechischer Wein

auf mein Single-Bett mit Holzumrahmung, welches eines der wenigen Möbelstücke in meiner Altbau-Einzimmerwohnung darstellt. Abgesehen vom Bett wird der alte Boden mit dunklem Holzton noch von einem rechteckigen vollgeräumten Couchtisch, einem kleinen Kleiderschrank, quasi ein Bed and Breakfast für Motten, belagert, sowie einem Fernseher, welcher auf leeren Bierpfandkisten stehend gegenüber vom Bett platziert ist. Umrahmt wird all dies von vergilbten Wänden, die versprechen, einst garantiert weiß gewesen zu sein. Am Couchtisch steht ein voller Aschenbecher, der in aller Dringlichkeit bittet, ihn zu leeren. Automatisiert zünde ich mir mittlerweile die zweite Zigarette heute Morgen an und überschreite rücksichtslos die Grenzen des dreckigen Glasbehälters, während ich so vor mich hinstarre und versuche, mich mental auf diesen Tag vorzubereiten. Die erste Zigarette hatte ich bereits im Halbschlaf beim ersten Weckton angezündet, bin währenddessen jedoch wieder eingeschlafen und wie jeden Morgen mit Asche auf der Brust aufgewacht. Dieses Mal keine Brandflecken auf meiner blassen Haut. Doch selbst wenn, wäre es mir egal. Es ist an der Zeit. Der Tag muss jetzt nun einmal starten... Mit einem lustlosen Kraftaufwand hieve ich mich vom Bett und ziehe mir die Kleidung an, die am nähesten zu mir liegt. Es ist alles so schwierig, doch notwendig... Nach einem kurzen Aufenthalt im Badezimmer bin ich physisch bereit, die Wohnung zu verlassen. Die Uhr zeigt 04:30 in der Früh an. Mein Dienst beginnt um 5 Uhr. Ich trete aus der Tür des Gebäudes und fühle mich naturgemäß alarmiert, als die Eiseskälte mir wie ein Fausthieb ins Gesicht schlägt und mir die Tränen in die Augen treibt. Es hängen dichte Nebelschwaden in der Luft und der Boden ist gepflastert mit entzündeten sowie halb angezündeten Böllern. Leider keine dazugehörigen Hände, denke ich mir. Der Geruch des Schwarzpulvers ist unausweichlich da und an jeder Oberfläche begegnet einem Frost. In der Ferne knallen immer noch vereinzelt Böller, doch die Straßen sind menschenleer. Ich gehe die Straße entlang mit der U-Bahn als Ziel, denn um diese Uhrzeit fährt noch kein Bus in meinem Stadtteil. 15 Minuten Fußmarsch durch eisige Kälte versuche ich möglichst an mir vorübergehen zu lassen und spanne jeden Muskel meines Körpers an, um die Kälte auszuschließen. Meine Haube verdeckt zum Teil meine Augen und meine Brille beschlägt soweit, dass mir die Sicht genommen ist. Mit jedem Atemzug in meinen dicken Schal, der meinen Mund verhüllt, werde ich blinder und ich erfreue mich ein Stück weit daran, diese grausigen Böller am Boden nicht mehr sehen zu müssen. Auf jeder meiner Seiten schießen alte und neue Bauten empor, die die Sicht auf graue Landschaft und die vereiste Donau versperren. Der Schnee, der vor kurzem noch weiß war, ist nur mehr dunkler Matsch, der langsam und eiskalt in mein einziges Paar zerfledderter Sneakers dringt und sich ansonsten wie Sand an jeder möglichen Stelle hartnäckig anheftet. Wenigstens hat er es nicht nur auf mich abgesehen. Überall stehen Autos, doch kein einziges ist als solches erkennbar, da der Dreck jedes ummantelt und zu einer grauen Katastrophe werden lässt. Unterm Dreckmantel sind alle Autos gleich... Während ich mit einem spontanen Lächeln im Kopf weiterspinne, wie dies auf Menschen übetragbar wäre und was für einen wahnsinnigen Effekt es auf das soziale Miteinander haben könnte, gehe ich unter einer Unterführung durch, die mir verspricht, gleich am Ziel zu sein. Während ich mich frage, wie die typische Sorte Mensch es bewerkstelligen könnte, sich anhand dieser Drecksregel, gleicher zu fühlen als andere, erreiche ich die Treppen, die aus dieser Unterführung herausführen und fixiere einen kurzen Moment den Ort, an dem sonst immer eine alte Bettlerin sitzt. Ich bin froh, dass sie nicht da ist. Ich schäme mich das zu fühlen, jedoch kennt sie mich schon und ich kann nicht einfach vorbeigehen. Wenn sie mich sieht, muss ich stehen bleiben und mit ihr reden, was ja in Ordnung ist, aber wenn ich nichts habe, was ich ihr geben kann, fühle ich mich schlecht. Doch ich habe nicht genug, um ihr immer etwas zu geben. Mir wäre es lieber, sie wäre einfach nicht mehr da. Ihr vermutlich auch. Generell sehe ich, wie es ihr geht und fühle mich schlecht, auch wenn ich ihr etwas gebe. Dann verabschiede ich mich nach ein paar Minuten, in denen ich mir ihr Leid anhöre, gehe weiter Richtung heimwärts oder Arbeit und fühle mich schlecht. So eine komische Art von Schlecht-Fühlen. So eine richtig ungemütliche soziale Art des Schlecht-Fühlens. Das gefällt mir nicht. Ich fühle mich lieber gewohnt schlecht, für mich alleine. So habe ich begonnen mit dem Bus zu fahren oder große Umwege zu nehmen. Das ist furchtbar von mir. Aus der Dunkelheit heraus trete ich in die hell beleuchteten Räume der U-Bahn Station und muss sofort einen Sprint hinlegen, da die verdammte U-Bahn zu früh dran ist. Mit einem Sprung schaffe ich es knapp in den Waggon, als die Türen hinter mir kreischend zuschnappen. Der Boden sowie einige Sitze erzählen von nächtlicher Dienstbereitschaft im Dienste der Stadt, und sind dementsprechend bedeckt mit fettigem Imbissbuden-Essen. Einzelne Salatfetzen heben sich farblich ab und verleiten mich fast zu lobenden Tönen gegenüber den Alkoholleichen, die vor Stunden hier ihr Unwesen getrieben haben. Hätten sie sich doch daheim etwas Gesundes einpacken lassen sollen… Ich betrachte eine Stelle am Boden eines Viersitzers, der von herzhaft gekochter Nahrung eines liebenden Elternteils erzählt und frage mich, ob besagtes Elternteil denn ahnen könnte, wo seine Liebe denn nun hingekommen sei. Lieber doch Imbissfraß. Bierdosen und Schnapsflaschen kullern fröhlich herum und leeren ihren Inhalt auf den Boden, wo sich Rinnsale alkoholischer Getränke bilden, die um die Wette laufen, hin zu einer Frau, die angewidert die Beine einzieht. Wohl auch so ein Kind des Glücks welches zu Neujahr Frühdienst hat. Es sind nicht viele Fahrgäste hier. Einige

Viersitzer werden von einzelnen Personen besetzt und auf zwei Vierern sitzen fünf sichtlich angetrunkene Jugendliche, die lautstark lallend von ihrem hammergeilen Abend erzählen, der morgen nur mehr peinlich in Erinnerung bleiben wird. Falls Erinnerungen zurück bleiben. Von besagtem Abend gehen sie Fotos auf ihren Smartphones durch, Erinnerungsfotos sozusagen, knipsen noch einige weitere, die sie, wenn man ihren lauten Ankündigungen glauben darf, sofort weiterschicken an die Jenny, die Augen machen wird. Du Glückspilz, Jenny. Ich darf nicht unfair sein. Nur vier Jugendliche lassen ihrer Kreativität freien Lauf, während der fünfte bleich gegen die dreckige Fensterscheibe gelehnt in das Wünschen nach dem Koma versinkt. Es muss ihm wirklich dreckig gehen. Der Zug fährt in die Station ein und die Jugendlichen hetzen nach draußen, nur der Koma-Patient bleibt bleich zurück. Einer der Jugendlichen merkt dies scheinbar erst draußen und klopft auf der Scheibe gegen das weiße Gesicht mit den dunklen Augenringen. "Alter, was machst du für ′n Scheiß! Elias, he! Steig aus… Alter!" Die Türen krachen zu und der Zug kommt langsam ins Rollen, fährt der Gruppe schließlich davon und hinterlässt den einzigen Jungen, den es interessiert hat, mit ratlosem Gesicht, während die restlichen drei in der Gruppe sich bereits Richtung Ausgang machen. Ich überlege kurz, ob ich etwas tun sollte, doch entscheide mich dagegen. Eine unsympathische Stimme kündigt die nächste Station an und ich sammle alle Kraft, um meinen Körper in die Höhe zu hieven. Der Zug kommt langsam zum stehen und ich schlage die Tür auf, um gleich darauf, wie für diese Station üblich, einer Wand von Menschen zu begegnen, die einsteigen wollen. Es sind nicht viele, und üblicherweise sind sie auch nicht alle betrunken, doch dass sie sich, egal in welcher Anzahl, vor den Türen auftürmen und in ihrer Panik, es nicht mehr rechtzeitig hineinzuschaffen, das Aussteigen enorm erschweren, ist scheinbar so eine Art Tradition am

Griechischer Wein

Westbahnhof, und die Menschen hier nehmen diese sehr ernst. Ich kämpfe mich durch diese übelriechende, mit Jacken gepolsterte Wand und eile auf die Rolltreppen zu, ohne einen weiteren Blick auf die zugemüllte Station zu wagen. Die Rolltreppen, die mir großzügigerweise das Steigen abnehmen, und trotz allem so viele Menschen dazu verleiten sich sportlich zu betätigen, enden an der kalten Luft einer Einkaufsmeile, die bei weitem mehr unter feierwütigen Wahnsinnigen gelitten hat als mein Stadtteil. Der Platz wirkt ohne Menschen so groß. Vereinzelt schießen Quotenbäume säuberlich aus ihren Betonrahmen und in zentimetergenauen Abständen zueinander aus dem Boden hervor. Sie wirken wie sehr disziplinierte Bäume, die es niemals wagen würden, in einer falschen Krümmung oder mit einem asymmetrischen Ast zu wachsen. Richtige Stadtbäume. Ich komme an meinem unfreiwilligen Ziel an und zwinge mich wie jeden Tag, das Hotel zu betreten. In der modernen, sauberen Hotellobby liegen zwei Männer schnarchend auf den Sofas im Wartebereich vor der Rezeption. Der junge Rezeptionist, dessen Namen ich mir einfach nicht merken kann, begrüßt mich müde. Der Arme hatte wohl Nachtdienst zu Silvester. Ich überlege mir, wie die Diskussionen rund um den Dienstplan wohl ausgesehen hatten und ob es Tränen gegeben hatte. Vielleicht hatte er etwas Unentschuldbares getan, wie zum Beispiel in Krankenstand zu gehen, und die Diskussion kam somit nicht einmal zustande. Der arme Trottel. Ich gehe bei den Gäste-WCs die Stufen hinab und lasse mich mit einem Surren, erzeugt vom Türschalter, in den unterkellerten Personalbereich. Der graue beleuchtete Gang, in dem ich mich nun befinde, endet in einem großen Kellerareal, das dem Personal mehrere Wege zur Auswahl bietet und sich unterschwellig über die Zukunftsperspektiven der Selben lustig macht. Das Surren der Geräte ist sehr präsent und es riecht nach Industriewaschmittel, während die Glühbirnen in ihrem widerlichen trüben Licht flackern, doch irgendwann habe ich all dies zu einem einzigen Wort zusammengefügt, welches mein Gefühl, wenn ich diese Räume betrete, am besten beschreibt: Hoffnungslos. Mein Weg führt mich an der mürrischen Wäschelady vorbei in Richtung der Garderoben. Ihr Menschenhass ist beachtenswert, doch nachvollziehbar, wenn man bedenkt, welchen Beruf sie ausübt. Gekonnt schleiche ich an ihr vorbei, bevor sie mir ihren kurzen feuerroten Haarschopf zuwenden kann. Dieser Moment ist der gefährlichste des Tages. Hat sie erst ein Opfer gefunden, ergießt sich ihr Unmut über die ganze Welt über Einen wie fließende Lava, dem man hilflos ausgeliefert ist. In den Garderoben angekommen lege ich meine Uniform in Rekordgeschwindigkeit an, um noch Zeit für eine Zigarette vor dem Dienst zu haben. Meine Arbeitsschuhe sind unbequem, doch wenigstens muss ich die widerlichen durchnässten Sneakers nicht mehr tragen. Mit zerknitterter dreckig-gelber Uniform, die sehr an ein Senf-Missgeschick erinnert, lasse ich mich auf einen Sessel im Raucherzimmer fallen. Es ist mit vollem Engagement ein Raucherkammerl, denn der Luftanteil ist gering genug, um nach wenigen Minuten Schwindelgefühle zu erzeugen. In diesem Kammerl ist das furchtbare Surren der Geräte noch lauter und noch präsenter. An der Decke verlaufen metallene Rohre und die Wände sind löchrig und schmutzig, bedeckt mit vereinzelten Postern als verzweifelter Versuch, die Atmosphäre aufzuhellen. Es wird jedoch eher der gegenteilige Effekt erzielt. Ich inhaliere den widerlichen Rauch und nehme voller Genuss das Brennen tief in meine Lungen auf, im Versuch dieses Gefühl möglichst lange zu halten. Los geht´s... Stufe für Stufe nähere ich mich dem Lieferantenbereich, gehe durch die dunkle Küche in den Service Bereich, sperre das Büro auf, mache überall Licht und starte meine Kontrollgänge durch die Räume des Hotelrestaurants. Im Barbereich sitzt noch eine kleine Gruppe von Menschen, die lallend miteinander philosophieren und

Griechischer Wein

scheinbar von meinem Kollegen mit einem kleinen Frühstück versorgt worden sind. Das Geld hierfür hat er sich garantiert in die eigene Tasche gesteckt, und ich weiß, dass ich es auch tun würde. Den besagten Kollegen finde ich schlafend unter einem Tisch mit einer Frau im Arm vor. In einem anderen Eck liegt der Hoteldirektor fern von Bewusstsein und ohne seine Frau auf einer Bank. Ich entschließe mich dazu, all dies zu ignorieren und mich auf meinen Bereich zu konzentrieren, wo sich auch ein paar Menschen zum Schlafen eingenistet haben. Ich wecke sie der Reihe nach auf und schicke sie in die Hotelbar, wo sie ruhig tun können, was sie wollen. Sie wanken alle brav und benommen in die angezeigte Richtung, um kurz darauf die Barbänke zu umarmen. Ich beginne, in leiser Vorahnung, dass dieser Tag keine produktiven Arbeitskräfte verspricht, mit dem Aufbau des Frühstückbuffets, wozu es noch keines Koches in der Küche bedarf. Dazu hat das Hotel zu wenig Sterne, und ich freue mich insgeheim darüber. Um 05:50 wankt der erste arme Lehrling in Richtung des Brüheneingangs, um zu den unterkellerten Garderoben zu gelangen. Aus hygienischen Gründen eigentlich streng verboten, doch mir ist das egal... Auf seinem Weg gibt er einen Laut von sich, der wohl eine Begrüßung darstellen sollte. Ich rufe eine Beschimpfung in seine Richtung und mache mich über seinen Zustand lustig. So läuft es bei uns, so überstehen wir den Alltag. Nachdem ich sowieso bereits vorgearbeitet habe, folge ich meinem Lehrling nach fünf Minuten in den Keller, um an einer weiteren Zigarette zu nuckeln. Oder zwei. Gäste gibt es erst ab 06:30 und dann ist es vorbei mit der freien Zeiteinteilung. So sitzen wir zu zweit im Raucherkämmerchen und lästern über den zweiten Lehrling, der noch nicht erschienen ist. Ich erkläre diesen hier zu meinem Liebling. In dieser Arbeit muss man sich solcher Perversitäten bedienen, sich Lehrlinge als Haustier zu nehmen und sie so zu behandeln, um sich wenigstens eine Stufe über irgendjemanden stellen zu können. Privat bin ich anders, doch die Atmosphäre hier ist einfach viel zu ansteckend. Man kann nicht menschenwürdig agieren. Wie will man denn wissen, wie das geht? Wir, oder ich, beschließen, dass es Zeit ist zu arbeiten. Wenn ich mich nur selbst hören könnte, ich würde mich schämen, falls ich dazu noch fähig wäre. Oben angekommen eilen wir ins Büro und ich hämmere die Nummer des fehlenden Schäfchens in das Telefon. Er hebt mit tonloser Stimme ab und krächzt leidend in sein Handy, doch nachdem er meine Androhungen hört, klingt er in der nächsten Sekunde schon erstaunlich fit im Vergleich. Beschwichtigendes Gebrabbel ertönt aus dem Hörer und ich mache mir nicht einmal die Mühe zuzuhören. 30 Minuten später ist er mit glasigen Augen und meterweiter Alkoholfahne im Dienst und bittet mich auf Knien um Vergebung. Eigentlich ist mir auch dies ziemlich egal, doch meine sadistische Ader, die man in solchem Ausmaß nur in der Gastronomie und dem Bildungswesen findet, will die Situation noch ein wenig auskosten. Die Gäste kommen und der Arbeitstag verläuft so langweilig und deprimierend wie immer. Irgendwann zu Mittag kommt eine Kollegin von der Rezeption, die versucht, mir meinen Job zu erklären. Irgendwann kommt die Chefin angewankt und scherzt, ich solle doch mal lächeln, und ich wünsche ihr wie jeden Tag eine angenehme Mahlzeit, und in Gedanken sie möge an selbiger ersticken. Und irgendwann, zu meinem Glück, kommt auch der Feierabend und ich bin für diesen Tag befreit von diesem Blödsinn.

3. Versteckte Friedhöfe, wohin man blickt

Unbeholfen stehe ich nun an der Türschwelle und soll diesen Raum betreten. Meine Schritte in das Ungewisse und mein Eindringen in diese Welt als Mittelpunkt des Geschehens aller anwesenden Menschen, die mit sofortiger Wirkung ihre Musterung in Gange setzen um einen fixen Eindruck von mir in sich zu manifestieren. Bald wird das eine Gruppe sein. Also, sie werden eine Gruppe sein und Gemeinsamkeiten finden. Unausgesprochene Gemeinsamkeiten in ihrer Antipathie mir gegenüber. Unausgesprochen, denn sie sind erwachsen und es ist doch unreif, jemanden ohne Grund zu verachten. Unausgesprochen, bis zum dritten Glas, wenn das erste Wort fällt. Der erste Satz, dahergestammelt ausgesprochen, und jeder am Tisch verspürt Erleichterung. "Endlich sagt das mal jemand!" Doch so offen wird dies doch nicht gehandhabt, denn sie sind erwachsen, sie sind reif. Bis zum dritten Glas sind sie bemüht darin, bemüht zu sein und reden sich ein, mit jedem Menschen klarzukommen, bis der andere Mensch halt mal selbst schuld ist! Doch das sagen sie diesem Menschen nie. Nein, nicht verbal. Sie werden eine Gruppe sein und viele Gläser gemeinsam leeren. Sie werden eine Gruppe sein, und ich werde meine Flaschen alleine leeren. Jedenfalls betrete ich diesen Raum. Niemand starrt mich an. Ich ertappe bloß mich dabei, eine Frau ständig im Blick zu haben. Immer dieselbe. Das ist mir furchtbar unangenehm. Sie denkt jetzt sicher, ich starre sie an und ich frage mich, was sie hier will. Doch das ist nicht so! Aber umso mehr ich versuche wegzuschauen, desto mehr schaue ich hin. Ich weiß wirklich nicht warum, da gibt es nichts zu sehen. Ich finde das echt klasse, dass sie da ist! Also nein, eigentlich ist es vollkommen normal. Sie wird so um die 60 sein, aber warum sollte das Alter hier irgendetwas bedeuten? Außer bei mir. Bei mir ist es zum Belächeln. Ich bin wieder einmal die jüngste anwesende Person. Ich fühle mich wie ein Kind, welches am allererstem Tag die Schule betritt und mit einem Schlag weiß, dass der Spaß von nun an vorbei ist. Von hier an geht es bergab. Von hier an bist du entweder intelligent, dumm oder am Schlimmsten: Durchschnittlich. Während ich verzweifelt versuche, meinen Kopf zu überzeugen wie unfassbar toll und gleichzeitig selbstverständlich und normal es ist, dass diese Frau hier sitzt, rudert dieses Gfrast zurück und erklärt mir, was in den Köpfen der anderen vorgeht! Der Gruppe. Die denken sich "Was will dieser Mensch hier?" Vom ersten Schultag weg springe ich mit einem Mal in die Zeit der temporären Geisteserkrankung, die Pubertät. Jetzt bin ich hier als Jungteenager, die Phase der Umschulung, die Phase, in der du sowieso alles an dir scheiße findest. Die Phase, in der du jedoch auch bereits wissen solltest, ob du nun in die Arbeiterklasse möchtest, wie ein Elternteil, oder lieber darauf hoffen willst, irgendwann irgendwen stolz zu machen, zu funktionieren, und zwar in die Richtung des Akademikerdaseins, wie der andere Elternteil, welcher dies alles aufgab für dich verdammtes Gör. Aber nur, wenn der Elternteil weiblich ist. Väter müssen erfolgreich bleiben. Zwischen Cartoons und ferngesteuerten Autos musst du dich nicht mehr entscheiden, denn das ist kindisch. Das ist vorbei, bis du selbst Kinder hast und unter dem Vorwand dieser wieder spielen darfst. Doch was willst du werden, wenn du mal groß genug bist, um halbwegs zu verstehen worum es im Leben überhaupt geht? Hm? Audi oder Fiat? Oder ein Mittelding mit großer Klappe, der geleaste BMW? Das ist doch nicht so schwer, entscheide dich mal! Ich sitze hier und träume von einer Welt, in der ich mir mein eigenes Auto bauen kann. Keine dieser Marken oder Designs. Ein Einzelstück, das halt anderes kann und anderes tut, und das tut es gut. Es hat die Freiheit, frei zu sein. Ein Einzelstück, so wie ich es sein möchte. Während ich mir gedanklich mein Batmobil baue, grinse ich vor mich hin, und die Frau gegenüber fühlt sich garantiert verhöhnt. Irgendwann werde ich es akzeptieren zu sein, fern von allen herrschenden Vorstellungen der Ästhetik und Normen. Mein Auto kann sich seitlich hin und her bewegen, nur halt nicht nach vorne und nach hinten. Mein Auto schwebt, wenn es über den Hang rast und verwandelt sich in einen mächtigen Adler, und mein Selbstzweifel ist eine Feder, die nicht ins Bild passen will. Diese eine Feder macht den Adler so sichtbar, so auffällig, dass er erschossen wird von einem konformistischen Waffennarren der Regierung, der den Adler hämisch lachend in seinen verdammten Audi A5 packt und nur eine Staubwolke hinterlässt, als das der Straßenverkehrsordnung brav unterwürfige Gefährt mit lächerlich laut heulendem, offensichtlich etwas kompensierendem Motor davonrast, in Richtung seiner Bonzengarage, die an der Bonzenvilla des vorstädtischen Geschäftsmannes am Steuer anschließt. Der Boden seiner Bonzenvilla ist gepflastert mit weißen Carrara-Marmorplatten, die lachend von Wohlstand erzählen und die Schreie des Elends so nah, doch so gut verstummen lassen. Was man so alles mit einer dieser toskanischen Kostbarkeiten finanzieren könnte? Während ich über Machtasymmetrie im Verteilungsregime sinniere, wird geklatscht und ich werde zurück gerissen in die "richtige Welt". Entgegen meiner Hoffnungen ist der Gruppenabend noch nicht zu Ende, sondern es wurde eine Kaffeepause einberufen. Ich stürme zum Tisch mit den vorbereiteten Kaffeekannen und...Karottensticks?! Meine Güte, die sind hier tatsächlich geisteskrank. Hastig schenke ich mir Kaffee ein, in der Überzeugung, dass dieser Abend dadurch in Zeitraffer-Modus gerät. Diese schöne Fantasie wird mir jedoch genommen, als ich einen Schluck dieser widerlichen braun-wässrigen Brühe nehme und sich meine Mundwinkel in Ekel verziehen. Ich blicke mich im Raum um, der zum größten Teil von einem niedlichen Sesselkreis vereinnahmt wird, um vielleicht verbündete Angewiderte zu entdecken, doch die Menschen sehen alle so deprimierend langweilig aus, während sie sich wie im Penisgrößenvergleich mit ihrem Medikamentenkonsum messen. "Und, welche kriegst du?" "Bitte, was?" Ich schrecke auf und blicke verdutzt nach rechts, wo ein etwas fülligerer junger Mann mit schlechter Haut nervös auf eine Antwort wartet. Durch strähnige braune Haare lassen sich dunkle Augen vermuten, die den Anschein haben, durch einen hindurch zu starren. Ich blicke auf mein Handgelenk, als wäre dort eine Uhr, murmle irgendetwas Unverständliches und bewege mich schnell auf den Ausgang dieses Raumes zu. Etwas treibt mich von diesem Menschen mit solcher Antipathie weg, wie zwei gleiche Magnete, die sich ums Verrecken nicht berühren wollen. Vor meinem inneren Auge bleibt das Bild eines jämmerlich verkümmerten Mannes, der meine Aufmerksamkeit unter einem blödsinnigen Vorwand erhaschen wollte und in mir flackert Mitleid für dieses Wesen auf, welches sofort von meinem Missmut ihm gegenüber unterdrückt wird. Er ist für mich kein Mensch. Oder er ist zu sehr Mensch. Jämmerlicher Mensch. Ich fühle mich hier nicht wohl, die Menschen in diesem Raum sind nicht normal! Ich bin auch nicht normal, doch bei weitem nicht so wie sie. Ich passe hier nicht hinein, zu den angepasst Anormalen. Als ich die Tür auf den Gang öffne, überkommt mich die Erleichterung und ich atme laut auf. Der Gang hat etwas Schulisches an sich. Der Boden besteht aus pflegeleichtem, grauem Stein und die Wände sind gewollt gelblich, als wäre diese Farbe tatsächlich einmal zu einer schönen Wandfarbe erklärt worden. Unbegreiflich für mich... Das Licht wird erzeugt von langen Neonröhren, umschlossen von rechteckigen Beleuchtungskörpern. Durch das Glas sieht man lauter schwarze Punkte, die darauf schließen lassen, dass eine Vielzahl an Insekten hier ihr Leben ließen. Die Fenster sind lächerlich riesig und erlau-

Griechischer Wein

ben einen Ausblick auf einen kleinen Hof, in dem sich keine Menschen befinden, dafür jedoch Bäume und ein zylinderförmiges Gestell aus Stein, welches als Aschenbecher dienen könnte. Perfekt für mich, denn meine Nikotinsucht schreit schon lange laut in mir auf und macht mich nervös und gereizt, sodass meine Jackeninnentaschen schon ganz zerfleddert sind von meinem händischen Spielen mit losen Fäden. Ich gehe also zielstrebig unter unzähligen Friedhöfen dieser armen verlorenen Seelen hindurch, mit dem Zylinder als Erlösungspunkt vor Augen. Oh du, mein Zylinder, geheiligt sei dein Antlitz! Ich stoße die Tür ins Freie auf und haste in die kalte Luft, um mir sofort eine Zigarette anzuzünden. Mit dem ersten Zug verspüre ich Erleichterung. Alle weiteren Züge sind automatisiert und ich nehme sie kaum wahr. Ich könnte die Zigarette jetzt genauso gut ausdämpfen, doch beim Gedanken daran sehe ich mich gezwungen, erst recht einige tiefe Züge hintereinander zu inhalieren und sie bis zum Filter abbrennen zu lassen. Meine Finger sind schon vergilbt, dort wo ich mich am Stummel festklammere wie manche an ihrem Leben. Diese Dinger sind teuer, die schmeißt man nicht einfach weg. Man verbrennt sie und nimmt sie in sich auf. Man inhaliert den Rauch wie man Erfahrungen aufnimmt und zurück bleiben die Veränderungen und Schäden, mit denen man zu arbeiten lernen muss. Muss man tatsächlich? Ich bin es leid. Jeder Zug bleibt ein wenig Teil von dir, er bleibt in dir. So wie das Leben. So wie meine verlorene Liebe. Ich inhalierte sie und schaffte es nicht, sie auszuatmen. Sie ist Teil von mir, fließt durch meine Venen und spricht durch mich, doch greifbar ist sie nun nicht mehr. Meine Gesichtsmuskeln beginnen wieder so komisch zu zucken und ich entschließe mich dazu, mich zurück ins Warme zu begeben und mich auf die Suche nach genießbarem Kaffee zu machen. Wieder passiere ich die Gänge voller Friedhöfe an der Decke und weiß nicht, was ich davon halten soll, dass so viele Tote über mir liegen. Warum ist das eigentlich egal? Ist es mir egal? Wenn es mir nicht egal wäre, würden andere mich als extrem bezeichnen, dabei ist es doch extrem, dies als egal zu bezeichnen, oder? Unzählige Leben fanden hier ihr Ende! Und wenn es nicht schlimm ist, dass so viele Leben hier ihr Ende finden, was macht es so tragisch, wenn unzählige menschliche Leben ihr Ende lassen? Warum gibt es in solchen Räumlichkeiten Therapiegruppen? Das ist doch pervers! Überall der Tod! Scheinbar habe ich die letzten Sätze laut ausgesprochen, denn aus dem Raum, den ich passiere, wird mir die Frage aus dem Nichts zurückgeworfen, wie ein Echo. "Pervers?" Ich bleibe peinlich berührt stehen und blicke in den Raum, in dem ein Mann Mitte 30 zentral vor dem Eingang steht und mich amüsiert anschaut. Er ist riesig und schaut irgendwie aus wie ein Bär. Dieses Bild wird unterstützt von seinen mittelkurzen lockigen dunklen Haaren, die direkt übergehen in einen ebenso dunklen Dreitagesbart. Er ist nicht einmal herausragend groß, sondern einfach massiv und trägt nur schwarze Kleidung. Ich weiß kurz nicht, was ich tun soll, doch dann schweift mein Blick hinüber zu einem Tisch mit Kaffee und Süßgebäck. Mir entwischt ein begeistertes "Uh!" mit einem Hauch eines Freudensprunges und ich steuere gezielt diesen tollen Tisch an. Der Mann schaut mir verdutzt nach. Dieser Tisch ist jetzt das Zentrum meiner gesamten Aufmerksamkeit. Dieser Tisch ist toll. Sollte jemand tot umfallen, würde ich es nicht merken. Tischtischtisch. Ich gieße mir Kaffee ein, leere Zucker hinein und freue mich beim ersten Schluck wie ein Kind sich auf Geschenke freuen würde. Noch erfreulicher ist, dass dieser Kaffee nicht wie Spülwasser schmeckt, sondern tatsächlich wie normaler billiger Kaffee. In meiner Eile habe ich mit der Süße etwas überdosiert, doch das macht mir nur wenig aus. Ich nehme mir einen Keks und blicke mich im Raum um. Dieser ist viel schöner als der andere Raum, in dem ich sitzen muss. Hier hat man sich wenigstens bemüht, etwas an

Griechischer Wein

Komfort und an persönlichen Noten einzubringen. Das bemerkt man vor allem anhand der schöneren Wände, an denen sogar Bilder von Blumen hängen. Durch meinen festen Blick auf die Wände, die ich fasziniert betrachte, erscheint alles Davorstehende für mich verschwommen. Meine Augen fokussieren den Gegenstand, der noch näher zu mir steht und lassen die Wände nun somit verschwommen erscheinen. Der Gegenstand stellt sich als Mensch heraus. Der Mensch, der verschwommen nur ein riesiger schwarzer Fleck vor Augen war, stellt sich als der Mann heraus, der mich schon am Eingang angesprochen hat. Er setzt dazu an, mich erneut anzusprechen. Man erkennt, wie er mehrmals daran scheitert, eine vernünftige Frage zu verbalisieren. Er legt sich auf eine fest, doch scheint er es kurz darauf zu bereuen. Er entscheidet sich mit brummender, verunsicherter Stimme für "Wer bist du?" Was für eine blödsinnige Frage. Wie kommt man darauf, diese Frage zu stellen? Was erwartet man sich für eine Antwort? Einen Namen? Warum dann nicht gleich "Wie heißt du?" Will man einen Lebenslauf hören? Hobbys? Was macht einen zu dem, was man ist? Ich überlege, wie ich auf diese Frage antworten soll und erkenne darin meine Überforderung. Plötzlich fällt mir ein, dass ich in meiner verpflichtenden Gruppe sitzen sollte und die Pause garantiert nicht für über eine halbe Stunde angedacht war... Ich schütte mir eilig den restlichen Kaffee in den Mundraum, stelle die Tasse ab und haste aus dem Raum, um den bärenähnlichen Mann wieder einmal verdutzt zurück zu lassen. Im mir bereits gut bekannten, doch trotzdem befremdlichen Gang haste ich erneut unter Friedhöfen durch in Richtung des Raumes, in dem ich ursprünglich hätte sein sollen. Dieser befindet sich hinter der dritten Tür nach einer scharfen Linkskurve. Vor der blauen Holztür komme ich zum Stillstand und hole tief Luft. Ich will hier nicht rein... Bevor diese Gedanken verstärkt werden, mache ich vorsichtig die Tür auf und trete möglichst lautlos ein. Es nutzt nichts, denn die Stimme, die gerade noch brüchig ertönte, verstummt und der Sesselkreis besteht nun aus Gesichtern, die fragend und teils vorwurfsvoll zu mir blicken. Ich bewege mich unsicher auf den Kreis zu und nehme Platz. Die Frau, die ich zu Beginn als Organisatorin wahrgenommen habe, wirft mir eine bissige Bemerkung zu, dass ich mich doch bitte vorher abmelden solle, wenn ich vorhabe länger wegzubleiben als die Pause geplant sei und wie unfair dies sonst für die Gruppe sei. Ich halte meine Bemerkung zurück, wie unfair von ihr es doch gegenüber der Gruppe sei, zum grindigen Kaffee bloß lächerliche Karottensticks bereitzustellen, und verweile ab sofort in der festen Überzeugung, diese Frau zu verachten. Der Kreis dreht sich weiter um das Programm und die Menschen reden sich ihre Oberflächlichkeiten von der verarmten Seele. Ich bleibe dank Konzept der Freiwilligkeit von der aktiven Umsetzung meines eigenen Beitrags in der Gruppe verschont. Eine Frau und ein Mann diskutieren angeregt und die Gruppe, die zuvor noch recht schüchtern wirkte, ist nun durchzogen von deutlicher Nervosität. Er ist von der Sorte "früher war alles besser" und man möchte meinen, er hätte sich ein utopisches Leben in einer kleinen Waldhütte aufgebaut, mit einer kleinen Feuerstelle davor, um Eichhörnchen zu grillen und Elektrizität gäbe es dort keine, alles neumodischer Schnickschnack. Sein bester Freund ist ein Wolf. Nein wirklich, hat er gerade behauptet! Ob der Wolf das weiß? Er will auch gar nicht hier sein, jedoch wurde er von den Ärzten und somit der Pharmaindustrie dazu gezwungen, da er sonst nicht mehr bezugsberechtigt sei. Vielleicht geht er doch einkaufen und die armen Eichhörnchen dürfen leben. Sie hingegen ist ein wandelndes Fachbuch und bezieht sich in jedem fünften Satz auf die Ergebnisse von Studien. Ich stelle mir vor, wie sie in ihrer Freizeit Wikipedia nach Fachbegriffen durchstöbert, um so zu wirken als hätte sie eine Ahnung davon was in ihr vorgeht. Zwanghaft versucht sie

Griechischer Wein

intelligent zu wirken, um ihre emotionale Labilität zu verdecken. Die dominierenden Stimmen der Gruppe finden keinen Kompromiss und die Leiterin beendet die Diskussion mit viel Mühe. Sie spricht die übrigen Teilnehmer an, die ihre Blicke senken und versuchen, unsichtbar zu sein. Ich spüre wie meine Augen immer schwerer werden und umso mehr ich gegen den Schlaf ankämpfe, desto stärker schlägt er zu. Ein Mann redet nun, langsam und monoton, schweift inhaltlich aus, wiederholt sich und schließt seine Sätze immerzu mit schlechten Witzen ab, die er auch gerne mehrmals wiederholt, damit sie auch wirklich gehört werden, und dabei seinen nervösen Blick von Gesicht zu Gesicht huschen lässt, in der Hoffnung akzeptierendes Gelächter zu ernten. Auf eine weitere Frage kann er erneut keine klare Antwort geben, obwohl bloß das gefordert wird. Somit tönt seine monotone Stimme noch länger durch den Raum und dreht sich immerzu im Kreis. Ich schließe nur kurz die Augen, wie ich meine, und bin dem Schlaf sofort restlos ausgeliefert, um nach gefühlten drei Sekunden aufzuschrecken. Ich bin mir sicher, dass mich niemand bemerkt hat, aber die Menschen gegenüber grinsen mich so dämlich an. Es waren wohl auch keine drei Sekunden sondern eher 15 Minuten, denn das Treffen nähert sich, vom Inhaltlichen her zu urteilen, dem Ende, und die Gruppenleiterin versucht mich mit aller Kraft nicht anzusehen. Ich spüre ihre Gereiztheit, die durch statische Ladung meine Armbehaarung zu Berge stehen lässt. Es ist gut zu wissen, dass diese Antipathie auf Gegenseitigkeit beruht. Sie schließt die Runde ab und ich greife innerhalb weniger Sekunden nach meinen Sachen und sprinte aus der Tür, um ja keine weiteren Worte mit anderen Teilnehmenden wechseln zu müssen. Noch im Laufschritt ziehe ich mir meine Jacke an, während ich unter unzähligen Friedhöfen durcheile, die ich schon längst vergessen hatte. So schnell vergisst der Mensch. Hinter mir vernehme ich gedämpft eine männliche Stimme.

"Hey, warte!". Doch ich stoße mit einem energischen Schwung die schwere Tür ins Freie auf, um von einem Fausthieb eiskalter Luft begrüßt zu werden.

4. Ein Hauch Leben

Die Hitze ummantelt mich, doch kann sie nicht nach Innen dringen. Wie eine Schutzschicht behält mein Körper seine Eiseskälte für sich und lässt rein gar nichts durch, während das brühend heiße Wasser wie tausend Nadeln auf mich herunterschießt und meine krebsrote Haut skalpiert. Heute ziehst du nicht weg, Alex. Der Schmerz sitzt im Kopf, er ist nicht real, außer du machst ihn real. Du hast die Kontrolle. Die letzten Nächte waren zu viel. Die letzten Stunden, Sekunden, es ist egal. Es gibt keine Aussicht auf Besserung, denn das höchste Maß an Freude, welches ich in meinem Leben kennenlernte, war es nicht wert, um jeden Preis wach zu bleiben. Wie sehr bettle ich nach Schlaf und wie sehr fürchte ich das Erwachen, um mich wieder zurück katapultiert zu finden in ein graues, tristes Leben, welches weder gut noch schlecht sondern durchgehend faszinationslos ist. Keine Faszination, keine Freude, rein gar nichts außer Funktionieren sowie Geben und Geben bis du letztendlich ausgesaugt und nichts mehr wert bist, für niemanden. Ich sah einst entzückende Schönheit in meinen Blumen, das gewiss. Irgendwann, bloß ist die Zeit nicht mehr greifbar… Irgendwann muss es doch gewesen sein. Ich sah sie einst, Farben. Doch irgendwann entschwand mir dies und die Tage wurden gefüllt mit tristem Schwarz und Weiß. Meine Blumen, ihre wunderschönen Blüten, sie waren nichts weiter als ein Grauton, und als ich ungläubig sanft nach ihnen strich, schwebten sie zu Boden, wo ich sie die Sekunde darauf auf Augenhöhe wiedertraf, als mein Schmerz den Kern meines Seins erreichte. Nun ist dieser Schmerz gefangen im Kern. Doch wenn, dann richtig. Das brühend heiße Wasser peitscht weiter gegen die feuerrote Haut meines Rückens, während ich mit meinen Händen sowie meinem Kopf gegen die weißen Fliesen gelehnt laut ein- und ausatme. Mein Körper wird durchflutet von Aggression und ein enormer Druck erreicht meinen Kopf. Mein Körper steht unter Strom und jeder Muskel zuckt unkontrolliert. Ich schreie. Ich schlage mit aller Kraft gegen die Fließen, mit Fäusten, mit meinem Kopf und schreie mir die Seele aus dem Leib mit der Hoffnung auf Besserung. In diesen Sekunden lebe ich und atme mich aus.

5. Die vage Erinnerung an Freiheit

Es ist der erste Frühlingstag und die Sonne verspottet mich. Ich gehe in der Natur spazieren, mit den Hunden meiner Nachbarin. Ich habe angefangen, ihre Hunde an meinen freien Tagen auszuführen, damit ich einen Grund habe hinauszugehen, ausserdem braucht sie meine Unterstützung, da sie an depressivem Alkoholismus leidet und die Ausflüge selbst nicht mehr bewältigen kann. Oft ist es eine riesige Herausforderung für mich, das Haus zu verlassen, um sie abzuholen, doch mein Pflichtbewusstsein ist größer als meine Faulheit und ich überwinde mich. Schließlich ist sie krank, und ich muss ihr helfen. Sonst gibt es ja niemanden... Die Hunde sind unausgelastet und rasen mit einem Mordstempo durch die Wiesen, die noch deutliche Spuren vom harten Winter aufweisen. Grünes frisches Gras wird wohl länger noch nicht sichtbar sein. Ich gehe neben der Donau entlang, welche in einem lächerlich intensiven Blau glänzt, so als hätte ein Kind ein Bild ausgemalt. Die Sonne bietet kurzzeitig Wärme wenn die Strahlen einen treffen, doch sobald man sich daran gewöhnt, wird sie von Wolken verdeckt, die Einen in erneute kalte Schatten hüllen. Mir sind die

Schatten lieber, denn die Sonne erfüllt mich mit Gefühlen der Verzweiflung. Die Sonne verspricht mit ihren wärmenden Strahlen Besserung nach einem langen Winter, doch ist dies bloß Häme. Es ist ein Lügenkonstrukt, welchem sich die Menschen unterwerfen. Der Frühling. Monate der angeblichen Verliebtheit, der angeblichen Freundschaften, Monate des angeblichen Lebens. Spätestens mit dem nächsten Winter ist all dies noch nicht einmal Geschichte, sondern bloß eine scheinheilige Blase, die uns austrickst und das Leben erneut schmackhaft machen will, während wir kurz davor stehen, das letzte bisschen Hoffnung auszuatmen. Die zwei Hunde rasen nun nicht mehr durch die Wiesen. Der große Rüde ist ein brauner Straßenhund-Mischling, der Besonderheiten wie absolute Loyalität in Form von Stalking sowie Sturheit und ein ungesundes Maß an vermutlicher Dummheit kombiniert. Er ist vermutlich das, was man sich unter einem treuen Begleiter vorstellt. Bloß begleitet er mich zurzeit nicht, sondern befindet sich 50 Meter vor mir auf einem Feld voller Maulwurfshügel und gräbt diese fleißig auf, während der Dackel von Krähen auf die immer selbe Art und Weise verspottet wird. Der Dackel ist sonst klüger. Der Dackel ist wohlgemerkt um einiges kleiner, weiblich und trägt durch einen Elternteil, welcher ist unklar, eine typische Schäferhund-Zeichnung und spitze Stehohren, die die Länge des Gesichts verdoppeln. Jedoch sind die Beine kurz, sonst wäre er wohl ein großer Hund geworden. Ich werfe einer Krähe eine Erdnuss zu und drehe mich um, um weiterzugehen. Heute habe ich extra welche eingepackt. Diese Tiere faszinieren mich und ich spüre einen Funken Freude, wenn ich ihnen zusehe. Das ist schön. Ich drehe mich wieder um und erblicke einen Schwarm von Krähen, der mir erwartungsvoll begegnet. Viele kleine schwarze Augen fixieren mich und einige legen ihre Köpfe fragend schief. Ich packe die Packung voller Erdnüsse aus der Tasche und werfe den Krähen den Inhalt einzeln zu. Der blö-

Griechischer Wein

de Dackel sieht dies als Aufforderung, die Krähen aufzuscheuchen und rennt bellend im Kreis, nur sind seine Beine zu seinem Leidwesen zu kurz um je eine zu erwischen. Ich entschuldige mich bei den Krähen, rufe den Dackel zu mir und deute ihm an, er solle vor laufen, eben weg von den Krähen. Dies hatte jedoch schon einmal besser funktioniert und der Dackel beschließt heute taub zu sein, trotz der lächerlich großen Ohren. Ich fluche und schreie wiederholt nach dem Dackel bis er beschließt, sich bei mir anzumelden, sich hinsetzt und mit einem selbstsicheren Dackelblick die Nerven besitzt nach einer Belohnung zu verlangen, so als hätte er sich die jetzt verdient. Ich schlucke den Frust hinunter, entschuldige mich innerlich nochmal bei den Krähen, enttäuscht, dass ich ihnen nicht beim Nüsseknacken zusehen kann. Sie halten nun einen größeren Abstand zu mir und meinen monströsen Begleitern, abgesehen von vereinzelt mutigen Vögeln, die den Dackel weiterhin ärgern, indem sie ihn im Flug knapp am Rücken streifen und so tun als würden sie ihn in die Lüfte mitnehmen. Für einige Minuten verfolgt mich der Schwarm und wird immer dünner mit jeder Sekunde, in der es kein Essen mehr regnet. Ich gehe über hügelige Wiesen, die von Radwegen eingerahmt sind und bald in saftigem Grün bestimmt zum Verweilen einladen werden, doch derzeit noch bedeckt sind von kahlen Stellen sowie grau-braunem stacheligen Gestrüpp. Zu meiner rechten Seite gibt es Waldwege, die in wenigen Monaten wieder die üblichen Voyeure beheimaten werden, da der Ausblick auf die Strände optimal gegeben ist. Sollte sie auch bald vorbei sein, ich genieße diese stille und einsame Jahreszeit zum Spazierengehen, in der ich mich nicht stets darauf konzentrieren muss, den bellenden Dackel von panischen nackten Männern wegzulocken. Es ist für ihn scheinbar eine Art Spiel geworden, Männer in Gebüschen aufzuspüren, und er scheint sehr stolz auf seine Leistungen zu sein... Ich frage mich, ob ich im Sommer jemanden aus meiner

Gruppe hier im Gebüsch antreffen werde. Also nicht aus meiner Gruppe, sondern aus meiner anderen, die mit dem genießbaren Kaffee, den Gang entlang und beim dritten Friedhof links. Die Gruppe hat irgendetwas mit Sexsucht zu tun oder ungesundem Sexualverhalten. Irgendwas mit Sex halt. Ich hab dem bärigen Mann namens Johannes nicht wirklich zugehört, als er es erklärt hat. Ich war wahrscheinlich gerade abgelenkt von irgendwelchen Gedanken über Haushaltsplanung. Meine Pausen verbringe ich gerne in dieser Gruppe, wenn ich die Nachmittage schon in dem Gebäude fristen muss. Die letzten Wochen hatte ich mich immer wieder selbst auf einen Kaffee zu ihnen eingeladen und er wurde mir nie verwehrt. Die Menschen lassen mich mit lästigen Fragen in Ruhe und triefen nicht vor Selbstmitleid. Die haben noch Humor. Ich finde sie ganz okay. Meine Kraftreserven sind bald erschöpft und ich sehne mich dem Ende dieses Ausfluges entgegen, um mich bald wieder in mein Bett fallen lassen zu können, fernab jeglicher spottender Sonnenstrahlen. Vielleicht darf ich träumen. Vielleicht darf ich leben. Dieses oberflächliche Leben ist nicht schlecht, würde man meinen. Jetzt, wo sie mich repariert haben. Ich habe Arbeit und eine Wohnung. Es ist pure Tortur jeden Morgen aufzustehen und in diese Arbeit zu gehen, viele Stunden mechanisch zu funktionieren und wie ein Mensch zweiter Klasse behandelt zu werden, um am Ende des Monats mit einem Mindestlohn auszusteigen. Doch ich gehöre beschäftigt, wurde beschlossen. Mein Leben wurde beschlossen. Ich darf mich nicht beschweren, ich habe Arbeit. Solange ich nicht nachdenke, ist sie machbar. Ich habe eine Wohnung. Die Fenster sind nicht dicht und die Risse an den Wänden werden immer größer. Es ist reinste Sisyphusarbeit, in dieser Wohnung zu putzen, und ich kann nicht abschätzen wie viele kleinere Hausbesetzer ich beherberge. Doch ich habe eine Wohnung und bin bloß undankbar. Die spottende Sonne verschwindet zügig hinter dichten dunklen Wolken und mit einem leisen Donnergrollen wird ein kleiner Regenschauer freigesetzt, der sanft auf meine Schultern herabprasselt. Der Duft von Regen liegt nun in der Luft und bringt Erinnerungen an Dinge, die ich nicht benennen oder greifen kann. Erinnerungen an ein Gefühl. Vielleicht Freiheit? Ich zünde mir eine Zigarette an, erst die zweite seit ich draußen bin. Der Rauch füllt meine Lungen so wie mein Brustkorb sich hebt und senkt, als ich weiße Wolken ausatme, mit dem Wissen, dass ein minimaler Teil bleibt. Ein jeder Zug hinterlässt etwas, doch mir wurde es ausgetrieben, an das zu denken, was mal war. Schritte vorwärts hieß es damals in der Klinik, und die passenden Drogen die mir den Beton unter meine Füße zaubern sollen. Dieser Beton warst einst du, Anna. Bis der letzte Atemzug deinen Brustkorb zum letzten Mal senkte und mit gehauchter tödlicher Ruhe das süße Ende versprach, nach welchem du dich so sehntest. Das Ende, das mir die Führung aufzwang.

6. Elke

Die Hunde halten heute nichts von der Idee, mir gehorchen zu müssen und ziehen unter meinem lautstarken Protest aufgeregt freudig Richtung Eingangstor ihres Zuhauses. Vermutlich hat ihre Halterin, eine Frau Mitte 40 namens Elke, wieder auf die Aushändigung deren letzten Mahlzeit vergessen, die sie nun penetrant einfordern werden. Elke bewohnt durch Familienerbschaft ein kleines altes Häuschen in meiner Nachbarschaft, mit einem kleinen Garten, der durch Buddellöcher der Hunde verunstaltet wurde. Die Eingangstür steht für die Hunde jederzeit offen und es herrscht generelle Anarchie. Als ich das Tor öffne, stürmen die Hunde, bereits abgeleint, auf das Grundstück und nehmen mir ohne Scham das Vortrittsrecht. Ich schreite vorsichtig durch den Garten, um in keine Löcher zu fallen, und als ich das kleine Häuschen betrete, sehe ich die wilden Begrüßungen der Hunde gegenüber ihrer Halterin, die um 14 Uhr mit einer halben Flasche Weißwein vor sich ihren Tag zu beginnen scheint. Elke sieht heute noch deprimierter aus als sonst, und ich erschrecke kurz vor ihrem Zustand. Sie krächzt mir eine leise Begrüßung zu und ich setze mich ihr gegenüber an den Esstisch, der neben der Schlafcouch steht. Die Couch ist voller Hundespielzeug, Hundefell und Decken, die sie benötigt, um die Kälte zu ertragen, da sie sich das Heizen ebenso wenig leisten kann wie ich. Ich behalte meine Jacke an und bin dankbar dafür, dass der Frühling naht und die bittere Kälte vertreibt. Die Hunde stürzen sich auf Knochenreste, die sie in Ecken gebunkert haben und es herrscht ein kurzes Neidszenario, als der Dackel wieder einmal unverschämterweise sein Diebesgut zwischen den Beinen des Terriermischlings entwendet. Ich bin froh, mich nicht mehr zuständig fühlen zu müssen. Stattdessen fühle ich mich nun für ihre Halterin zuständig. Sie sieht heute erschreckend bleich aus mit gelblichen Augen und fettigen Haaren. Kraterähnliche Poren zieren ihre Haut. Als ich die Hunde heute Vormittag holte, schlief Elke noch lautstark. Ich stelle zwei Kaffeebecher To Go auf den Tisch und hole das Gebäck, welches ich vorhin im Post-Auslauf-Ritual vom Bäcker holte, während die Hunde draußen angehängt die Straße bewachten, aus meinem Rucksack und lege es zu den mit lauwarmer dunkler Brühe gefüllten Papierbechern dazu. Elke stürzt sich auf den Kaffee, auch wenn es sichtlich schwer erscheint, sich die Prioritäten zwischen Zigarette und Kaffee auszumachen, doch würdigt sie das Gebäck mit keinem Blick, was mir schon länger Sorgen bereitet. Sie bietet mir eine Zigarette an, die ich nicht ablehne, und während ich sie mir anzünde, herrscht Stille. Noch ist sie schweigsam, doch das ändert sich nach der Flasche. Der Fernseher läuft und wir lassen uns bei Kaffee und Zigarette vom niederschwelligen TV-Format berieseln.

Griechischer Wein

"Meine Schwester will keinen Kontakt mehr zu mir. Sie sagt, ich schade ihrer Familie. Ich dachte, ich wäre Familie. Sie sagt, ich bin egoistisch, weil ich trinke, sie sagt, ich lüge alle Menschen an und will mich nicht verändern. Wer ist hier egoistisch? Wann war sie da für mich? Sie nimmt doch schon länger keine Anrufe mehr von mir entgegen. Stell dir das vor! Wenn es mir wirklich dreckig geht und ich niemanden habe außer ihr, rufe ich sie an und sie hebt nicht einmal mehr ab! Wem bedeute ich auf dieser Welt überhaupt irgendetwas? Sie ist doch das letzte bisschen Familie, das ich habe seit unser Vater auch noch gestorben ist... Nur die Hunde, die sind für mich da und werden es immer sein. Gell? Ihr seid so tolle treue liebende Geschöpfe. Ich bin so glücklich, euch zu haben!" Während sie ihre Lobgesänge auf die zwei wild wackelnden singenden Fellmonster macht, steigen diese auf ihr herum und versuchen ihr Gesicht abzulecken, und tun dies mit solchem Durchsetzungsvermögen, dass Elke beim Versuch, sie abzuwehren, nach hinten kippt und sich auf ihrem Schlafsofa herum wälzt, während zwei Hunde auf ihr herumtanzen. Lachend richtet sie sich so gut es geht wieder auf und stößt einen überraschten Laut aus, als ihr scheinbar plötzlich einfällt, dass diese Monster noch kein Kalb zum Frühstück verspeist hatten. Es fiel ihr scheinbar wieder ein, als sie den Hauch einer Taille an ihren Hunden erkennen konnte und demütig entschuldigt sie sich mehrmals lauthals für ihre Fahrlässigkeit. Während sie in der Küche nach Nahrung für ihre Mitbewohner sucht, wirft sie ihnen als kurzfristige Lösung Bananen zu, um einen Hungertod hinauszuzögern. Diese inhalieren beide Hunde mit lächerlicher Geschwindigkeit, um möglichst schnell wieder Essen fordern und Elke bei der Suche danach anfeuern zu können. Sie holt ein rohes Huhn aus dem Kühlschrank und schweift in Selbstgespräche ab. "Das wollte ich mir eigentlich kochen die Woche, aber ich habe eh keinen Appetit in letzter Zeit, außerdem kann ich ja was anderes essen. Erdäpfel oder so. Hauptsache, ihr habt etwas Feines. Gell? Etwas gaaaanz was Feines gibt es gleich! Aber zuerst muss das Huhn gekocht werden, weil roh mag mein Junge es ja nicht, gell? Bist ja sooo ein Wählerischer, ein Gourmet! Ja, bald gibt es Happibappi! Die Kleine ist nicht wählerisch, gell? Du würdest nach fünf Minuten an mir knabbern, wenn ich nimmer aufwachen tät. Aber ich nehm's dir nicht bös'. Bist doch so ein Zuckergoscherl, was tät ich ohne dich kleinen Frechdachs?" Während sie das Huhn für ihre Hunde zubereitet und sich mit diesen unterhält, versuche ich wegzuhören und mich auf den Fernseher zu konzentrieren, in dem sich zwei Frauen gerade lauthals streiten. Ich könnte nachhause gehen, doch fühle ich mich viel zu kraftlos und demotiviert, um aufzustehen, außerdem wüsste ich nicht, was ich zuhause tun sollte. Schlafen vielleicht, doch das kann ich auch hier... Ich habe Angst vor der Einsamkeit zuhause. Mit aller Kraft hieve ich mich aus dem Sessel, der schon sehr ungemütlich wird und lasse mich auf das Schlafsofa nieder, wissend, dass meine Kleidung beim Hinausgehen von einer Schicht Tierhaare bedeckt sein wird. Meine Augen werden immer müder und ich kämpfe anfangs noch dagegen an, sie zufallen zu lassen, doch gebe ich nach wenigen Sekunden bereits nach, während ich im Hintergrund Elkes Hantieren in der Küche höre und die Geräusche mich sanft in den Schlaf begleiten, mit dem beruhigenden, doch befremdlichen Gefühl nicht alleine zu sein. Ich erwache in schwachem Licht zu den fröhlichen Klängen von Elkes lallendem Gesang.

7. Schnaps und Sentimentalität

Elke ist auf Hochtouren. Tanzend balanciert sie auf der Theke zu den Klängen von Andrea Berg. Die Stimmung ist aufgeheizt mit einer gewissen ironisch-deprimierten Anspannung, die ich durch die Luft einatme und

Griechischer Wein

wie kleine Elektroschläge durch meinen Körper strömt. Wie ein angenehmer Schmerz pulsiert sie durch meine Adern und fließt zu meinem Herzen, um die Rhythmik dessen aufzumischen, während mein mir fremder Körper buckelig auf einem fleckigen grauen Stoffbezug der alten Inneneinrichtung des Café Hedi ruht. Meine Hand umklammert den Bierkrug, der sich immer und immer wieder von selbst aufzufüllen scheint.

"Du hast mich tausend Mal belogen"

Ich habe mir hier einmal einen Kaffee bestellt. Er war an Abscheulichkeit nicht zu übertreffen.

"Du hast mich tausend Mal verletzt"

Der Raum wird umrahmt von alten eierschalen-farbenen Tapeten, denen man jede einzelne Zigarette ansieht, die im Café jemals die Atemluft verdrängte. Das Lokal ist heute gefüllt mit Stammgästen und es gibt kein Gesicht, welches mir unbekannt ist.

"Ich bin mit dir so hoch geflogen"

Der Boden ist bedeckt mit abgewetztem, gräulichem Linoleum. Dreckige Schuhabdrücke verteilen sich auf ihm und hinterlassen kein einladendes Bild. Draußen regnet es stark.

"Doch der Himmel war besetzt"

Elke kreischt begeistert mit und wird unterstützt von einem nicht minder kreischenden Chor an Menschen, die sich auf ihren Bänken zusammendrängen. Warum ich hier bin weiß ich nicht, doch das weiß ich meistens nicht. Wenn ich nicht hierhin ginge, wohin dann? So verlasse ich zumindest das Haus und rede mit Menschen. Kleine Tröpfchen Spucke treffen mich auf der Wange, die ich meinem unfreiwilligen Gesprächspartner bewusst zudrehe. Er hat lange, fettige, braune, dünne Haare und generell ein recht zerdrücktes Gesicht mit wässrig hellblauen Augen. Mein Gesprächspartner trägt noch seine Arbeitskleidung, Bauarbeiter-Schutzkleidung, und die Alkoholfahne nahm er auch direkt von der Arbeit mit hierher. Sein Alter könnte ich nicht schätzen, doch ich weiß, dass ich ihm die Zahl, die er mir sagte, nicht abkaufe. Er sieht alt und verbraucht aus. Mehrmals sagte er mir seinen Namen, doch ich verstand ihn nie und empfand es nicht als notwendig, ihn zu verinnerlichen. Mir ist unklar wie ich diesem Mann noch deutlicher machen kann, dass ich kein Interesse an einem Gespräch habe, als ihn einfach nicht anzusehen. Doch er scheint generell nichts mitzukriegen. Sein Kopf wird immer röter, als er über Ausländer schimpft, die alle unsere Frauen vergewaltigen und alle nicht arbeiten gehen wollen, während ich verkraften muss, wie der Herr unsere Sprache vergewaltigt. Wie er auf das Thema kam, weiß ich selbst nicht, da ich nur vereinzelte Laute von mir gebe. Er gibt furchtbare Parolen von sich und wünscht mehreren Bevölkerungsgruppen die Ausradierung von der Erde. Stolz erzählt er von seiner Vergangenheit am Hof, wo er als Kind Holz hackte und selbstverständlich vom Vater Schläge erhielt, als wäre dies das optimale Mittel der Abhärtung. Seine Tochter, erzählt er, steht ein Jahr vor der Volljährigkeit und will ausziehen. Er erzählt von seinen Erziehungsmethoden, die ihm ja auch nicht schadeten, und eine starke Hand erfordern. Die Tochter scheint ihm diesbezüglich nicht wohlgesonnen. Ein weiterer Sitznachbar wirft immer wieder ins Gespräch ein, wie lieb seine Tochter wäre. Ein wahres Goldstück. Seine Spucke sammelt sich während dieses Monologes und den Einwürfen des Sitznachbarn weiterhin an meiner Wange. Ich weiß nicht, ob ich Mitleid mit diesem Mann haben soll oder ob er unbewusst sogar danach bettelt. Irgendwie kann ich kein Mitleid haben. Ich bin von diesem feuchten Monolog befreit, als der Herr seinen besten

Freund, einen Türken namens David, in der Tür erblickt und auf ihn zu torkelt mit der Forderung an die betanzte Theke nach zwei großen Bieren, die nebenbei bemerkt eindeutig mit Wasser gestreckt sind. Elke verausgabt sich noch begeistert zu den simplen Klängen und klatscht eifrig mit, immer auf die eins. Der letzte Ton Andrea Bergs verklingt und wird ersetzt von schrillen Klängen, die das Publikum der Musik-Boxen vor Begeisterung aufjohlen lässt.

"Es war schon dunkel als ich durch Vorstadtstraßen heimwärts ging, da war ein Wirtshaus, aus dem das Licht noch auf den Gehsteig schien"

Paarweise liegen sich die Gäste in den Armen und schunkeln zu Udo Jürgens, wobei sie den Text nur mit ihren Lippen andeuten. Die schrillen Klänge versetzen mir einen Schlag. Meine Mundwinkel zittern und verziehen sich gequält nach oben, während meine Augen unerwartet feucht werden. Das Gefühl, welches mich übermannt, ist nicht klar zuzuweisen. Ich bin gerührt von irgendwas, irgendwas ist da... Ich finde mich in einem verrauchten Raum wieder, der nach Marihuana riecht. Am Boden sitzen junge Menschen, die sich gegen die Möbel lehnen. Ich sitze auch am Boden und fühle mich so, als hätte ich eine kleine Sonne verschluckt, die mich nun von Innen mit Wärme und Glück erfüllt und in meinen rechten Arm ausstrahlt, der umklammert wird von einer Frau, die mir so vertraut vorkommt.

"Sie sagten sich immer wieder: Irgendwann geht es zurück. Und das Ersparte genügt zu Hause für ein kleines Glück. Und bald denkt keiner mehr daran, wie es hier war."

Glücksgefühle, die mich überrennen, und zeitgleich tiefe Trauer, denn die Gegenwart drängt durch grölende Menschen beim Refrain zu mir durch und drückt sich durch eine Träne aus, die heimlich über meine bespuckte Wange gleitet, als der Druck um meinen rechten Arm schwindet und mit ihm die Frau, die die Sonne mit sich nahm. Irgendwo gefangen zwischen der Vergangenheit und dieser ernüchternden, wenig nüchternen Gegenwart balanciere ich auf Gefühlen, die schockierend neu und nicht bewältigbar erscheinen, als ich versuche, mir bewusst zu werden, was gerade mit mir geschah. Tristes Grau umgibt mich, doch die Jahre der Gewohnheit ließen mich dieses Grau bereits in eine Illusion eigener Farbvariationen ordnen. Als Anna ging, nahm sie die Sonne mit, die auf meine grauen Farben schien und sie erst zu Farben machten. Der Funken Emotion, den ich heute Nacht erlebte, ließ mich mehr leben als in jeder Sekunde der letzten Jahre. Doch dieser Funken Leben verging mit einem Augenaufschlag und ließ mich spottend in Erschöpfung zurück, farbenblind und vollgesogen mit Gleichgültigkeit.

"Griechischer Wein, und die altvertrauten Lieder. Schenk nochmal ein, denn ich fühl die Sehnsucht wieder. In dieser Stadt werd' ich immer nur ein Fremder sein, und allein..."

Die Gäste lassen den Refrain mit vollem Einsatz aus ihren Kehlen erklingen und liegen sich gegenseitig vor Rührung schluchzend in den Armen, als sie Schicksalsschläge ihrer Vergangenheit austauschen und sich ewige Freundschaft unter Trinkkumpanen schwören. "Alex! Wüst 'a an Jäga? Wead amoi a bissl munta, du Heisl!"

8. Griechischer Wein

Erinnerung

Anna liegt in meinem Arm, während ich einen tiefen Zug eines Joints nehme und den Rauch in die warme stickige Luft blase. Zurzeit ist alles gut. Alles ist wunderbar. Anna liegt in meinem Arm. Am Boden sitzen wir zwei, in Gesellschaft einer kleinen Runde an Menschen in ihren 20ern. Kunststudenten, vermute ich. Jedenfalls Studenten. Die Themen sind absurd.

„Whenever I'm alone with you, you make me feel like I am home again."

Der graue Teppichboden ist nach längerem Sitzen hart und quält meine Knochen, doch es stört mich nicht sehr, denn das ist nicht vorrangig. Ich bin bereit, körperliche Schmerzen zu ertragen, nur um so sitzen zu bleiben. Alles ist schön.

„Whenever I'm alone with you, you make me feel like I am whole again."

Auf dem Boden stehen unsere Bierdosen, und ich bin ein wenig stolz darauf, dass sich diese noch nicht auf den Boden entleert haben und ihn tränken, so wie die Getränke mancher der anderen Gäste hier. Das Zimmer ist künstlerisch gestaltet und über uns befindet sich ein Stockbett. Ich finde Stockbetten so schön. Selbst würde ich keines wollen, in Sorge darüber, nicht immer die Kraft aufwenden zu können, die Leiter zu erklimmen. Das Zimmer ist vor allem klein, doch es wird optimal genutzt, abgesehen von den fehlenden Sitzmöglichkeiten. Doch der Boden reicht uns. Wir brauchen nicht mehr. Die Gäste unterhalten sich über Australien und reichen einen toten Frosch herum, der zu einer Geldbörse verarbeitet wurde. Ich will das Ding nicht angreifen. Ich finde das ziemlich pervers und kurz überlege ich, wie weit Kunst gehen darf und inwiefern das moralisch vertretbar ist. Selbst wenn in Australien angeblich eine Plage dieser Frösche herrscht. Ich verwerfe diese Gedanken, denn sie bringen mir nichts, und konzentriere mich auf das Schöne. Das Schöne ist Anna, und ich kann es kaum glauben, sie erst vor wenigen Stunden hier kennen gelernt zu haben. Es ist, als kenne ich sie schon mein Leben lang, und wir hatten uns nun wieder gefunden.

„However far away, I will always love you. However long I stay, I will always love you."

Was für eine Kehrtwendung mein Leben mit ihr nehmen wird! Ein einziger Abend, an dem man sich aus dem Haus quält, kann entscheidend sein und alles verändern. Es kann DICH verändern. Es ist unglaublich. Zuhause noch war ich eine einsame, gequälte Seele. Geht in ihrem Kopf dasselbe vor? Wahrscheinlich nicht. Sie ist mysteriös und der Inbegriff von Perfektion.

„Whatever words I say, I will always love you. I will always love you."

Ich will Gedichte für sie schreiben. Nie enden wollende Gedichte. Doch wie soll ich die Worte dazu finden, was sie in mir auslöst? Es gibt sie nicht. Ich müsste sie erfinden. Die anderen Gäste sind wirklich absurd. Doch nicht auf meine Art und Weise. Auf eine privilegierte Art und Weise. Doch ich bin mir bewusst, dass ich nicht urteilen darf. Ich kenne die doch alle nicht. Ich habe keine Ahnung wie ich hierher kam. Ich war plötzlich hier und hatte sie in meinem Arm. Wieso soll ich da noch Fragen stellen? Es ist, als kannte ich sie bereits in einem früheren Leben.

„Whenever I'm alone with you, you make me feel like I am free again"

Ich erkenne meinen Freund Domenic im anderen Eck des Raumes, der sich angeregt über Extremsport unterhält. So kenne ich ihn, immer auf der Suche nach einem Adrenalinkick. Immer bereit, alles zu riskieren. In der Hand hält er ein Klappmesser, mit dem er lässig jongliert. Er ist nicht mehr nüchtern und hat demnach die leicht blutenden Wunden auf seinem Arm noch nicht bemerkt, die darauf hindeuten, dass er das Messer wohl einige Male fallen gelassen hat. Ich sehe ihm lächelnd zu, fasziniert vom Bild seiner hellen Haut, die immer mehr von Spuren einer Blutsröte markiert wird, und von seinem gleichgültigen Gesicht dabei. Vielleicht zauberte der Alkoholpegel und das Gras dieses Lächeln auf unsere Lippen. Doch ich bin mir sicher, Anna ist von nun an auch nüchtern für mich unabdingbar. Ich hoffe, das ist nicht nur ein Traum. Ich hoffe, sie ist noch da, wenn ich erwache.

„Whatever words I say, I will always love you. I will always love you."

Aus den Boxen, die am Laptop des Gastgebers angeschlossen sind, dringt eine altbekannte Nummer, die plötzlich und deplatziert The Cure´s „Love Song" verdrängt. Die Gäste pfeifen laut auf und freuen sich sichtlich. Ob ironisch oder ernst gemeint, ist nicht zu erkennen. Es ist mir auch egal. Alles ist schön, endlich...

"Griechischer Wein ist so wie das Blut der Erde. Komm', schenk dir ein, und wenn ich dann traurig werde, liegt es daran, dass ich immer träume von daheim. Du mußt verzeih'n. "

Heute bin ich neu geboren.

9. Der Papagei

Meinen Job habe ich verloren. Der neue Hoteldirektor meinte, sie müssten dringend Einsparungen vornehmen, um die Modernisierung des Gebäudes zu finanzieren. Ich vermute, dass sie das Personal auch modernisieren wollen. Meine Stelle wird nachbesetzt mit einem Lehrling im dritten Jahr, der die Hälfte von meinem Gehalt erhält. Der Kündigungsbrief wurde mir vom Hoteldirektor selbst überreicht, als er mich in der Hotelbar aufsuchte. Sein Gesicht verzog sich gequält gespielt zu einer lächerlich besorgten Miene, als er mir meine schlechte Nachricht überreichte und schwor, dass ich eine tolle, treue Arbeitskraft gewesen wäre. Nur halt leider zu teuer. Daraufhin bestellte er bei mir eine Flasche Champagner aufs Haus und bat mich, sie fachgerecht am Tisch seiner Businessfreunde zu servieren. Sie hätten nämlich etwas zu feiern, zwinkerte er mir zu. So als wären die letzten Minuten nie passiert. Zu feiern gab es ein umsatzstarkes Vorjahr und die Aussicht auf eine optimale Aufwertung der Räumlichkeiten. Die Säulen in der Hotelhalle sollen mit vergoldeten Ornamenten verziert werden, verkündet er feierlich und berichtet, wie er sich für die neuen Zahlen selbst belohnte. Er dachte, meint er, ein nagelneuer schwarzglänzender Jaguar wäre angebracht gewesen und seine Businesskollegen, allesamt einflussreiche Männer in maßgeschneiderten Anzügen, pfeifen begeistert, als er ihnen Fotos davon auf seinem teuren neuen Smartphone zeigt und die Runde bestellt, eine weitere Flasche bei mir auf ´s Haus. Bis zum Ende des Mittagsgeschäfts sind die Businessmänner schon angeheitert und haben ihre Lautstärke noch weniger im Griff als nüchtern ohnehin schon nicht. Fern höre ich bereits die Schuhe der Frau Hoteldirektorin, die nach wenigen Sekunden in der Hotelbar erscheint und mir wieder einmal zuflötet, ich solle doch ein bisschen lächeln. Ich hoffe, sie rutscht am polierten Marmorboden aus und bricht sich die Nase wieder zurück in ihre ursprüngliche Form. Der Dienst will einfach nicht vergehen. Die Minuten ziehen sich in die Länge wie zäher Kaugummi und haften mit einem bitteren Nachgeschmack an mir. Ganz verstanden, was jetzt los ist, habe ich noch nicht. Ich bin mir auch nicht sicher, ob es mich bewegt. Es scheint so fern, und eigentlich möchte ich mich bloß schlafen legen. Als der Dienst schlussendlich doch noch zu Ende geht, lasse ich mich auf das Sofa im Raucherkammerl fallen und zünde mir eine Zigarette an. Das Gefühl, welches ich verspüre, gleicht einem Graupapagei, der in einem kleinen Käfig aufwuchs. Er konnte sein Leben lang nur nachplappern, was ihn das Umfeld lehrte, und der Käfig ist zu niedrig, um jemals zu bemerken, dass er fliegen kann. Er muss tun, was von ihm erwartet wird, um versorgt zu werden, und als Folge der psychischen Verkümmerung rupft er sich schon lange die eigenen Federn aus, um daraufhin von den Menschen getadelt zu werden. Warum er getadelt wird, versteht er nicht, denn für ihn ist es normal, sich selbst Schmerz zuzufügen, es gehört zum Leben dazu. Eines Tages wacht er hungrig auf und sieht, dass die Käfigtür offen steht. Niemand ist da. Zögernd streckt er den Kopf aus dem Käfig. Angst packt ihn, denn für ihn gab es nie eine Welt außerhalb der Gitterstäbe. Er sammelt allen Mut, um aus seiner Welt hinauszuklettern, und erschrickt, als die Tür hinter ihm lautstark ins Schloss fällt. Es gibt kein Zurück. Alles, was er kannte, alles was Sicherheit gab, ist nun weg. Er geht aufs Ganze, was soll er schon verlieren, und stürzt sich in die Tiefe, spannt die Flügel auf und... Fällt schmerzhaft zu Boden. Seine Flügel sind zu zerrupft zum Fliegen. Noch.

10. Der Moment des Rausches

Ich betrete meine kleine kalte Wohnung. Der Weg nach Hause kam mir so unendlich lang und mühsam vor, doch nun kann ich mich endlich auf mein Bett fallen lassen, in der Hoffnung auf langersehnten süßen Schlaf. Meine Wohnung riecht nach abgestandenem Rauch. Die Tatsache, dass ich morgen ausschlafen kann, erleichtert mich sehr. Die Tatsache, dass ich irgendwann wieder arbeiten und Dinge erledigen muss, überfordert mich und ich habe das Gefühl, niemals wieder die Energie hierfür aufbringen zu können. Es ist mir ein Rätsel, wie ich es bis jetzt geschafft habe, und meine Arbeit der letzten Jahre scheint mir plötzlich so fern. Will ich mir all dies wirklich weiterhin antun? Von Wollen kann nicht die Rede sein, ich habe gelernt, es einfach zu tun. Der frische Zigarettenrauch brennt in meinem Hals und ich spüle meine täglichen Tabletten mit warmem Bier hinunter. Es wäre schön, könnte ich einfach einschlafen... Doch es plagen mich Gedanken. Sie schwirren in meinem Kopf in solchen Mengen, dass es sich anfühlt, als würde er zerbersten. Doch greifbar sind sie alle nicht... Sie verhöhnen mich und nehmen mir meine einzige Hoffnung auf Schlaf. Mein Körper ist todmüde, doch mein Geist rotiert unaufhörlich. Ich liege auf meinem Bett und stelle mir vor, wie jeder gequälte Atemzug mich in Trance wiegt. Die Türklingel schrillt laut auf. Ich erschrecke und mein Herz beginnt zu rasen. Ich überlege einige Sekunden, ob ich zuhause sein soll, doch die Neugier bewegt mich zur Tür, um durch den Türspion meinen Freund Domenic zu erblicken. Ich sperre erleichtert auf. Als er mich sieht, überspringt er die Begrüßung und betritt selbstsicher meine Wohnung, so als wäre es seine eigene. "Ich war gerade in der Nähe und wollte nachsehen, ob du noch lebst. Meldest dich ja überhaupt nicht mehr. Naja, jetzt können wir uns ja einen chilligen Abend machen.

Ich hab Bier mit! Was bestellen wir? Ich suche den Film aus." Überrumpelt folge ich ihm in mein Zimmer, wo wir uns auf das Bett setzen und jeder seine Bierdose mit einem Zischen öffnet. "Jedes Mal, wenn ich dich sehe, siehst du noch schlimmer aus als ohnehin schon." Was soll ich darauf schon sagen? Danke? "Hm..." Das sollte reichen. "Die Medikamente machen dich zu einem Zombie. Du hast dich verändert, Alex. Du warst mal mehr wie ich. Überleg' wie viel Spaß wir hatten! Keiner konnte uns auch nur irgendetwas vorschreiben." "Die Dinge sind nun einmal so wie sie sind, es ist besser so..." "Nein, das müssen sie nicht sein. Vergiss den ganzen Scheiß, mit dem sie dich vollstopfen. Und vergiss Anna, sie ist schwach. Du kennst bessere Wege, das weißt du doch. Ich hab was für dich!" Mit diesen Worten zieht Domenic breit grinsend ein kleines Päckchen aus der Innenseite seiner Jackentasche und lässt es auf den Tisch fallen. Ich spüre einen plötzlichen starken Stich im Magen. "Ich kann nicht, darf nicht..." "Ach, komm schon! Was ist aus dir geworden? Du igelst dich ein und hast komplett vergessen zu leben! Sei cool!" Er ist ein Idiot. Immer bereit, Chaos zu verbreiten, ohne Rücksicht auf Verluste. Doch wenn es darum geht, sich den Konsequenzen zu stellen, ist er wie vom Erdboden verschluckt. Ich will ihm keine Angriffsfläche bieten, denn wenn er will, kann er so grausam sein. Elektrisierende Spannung füllt die Atmosphäre, als wir uns einige Sekunden anschweigen, doch wird sie bald von Domenic's Fordern nach der Planung unserer Abendgestaltung durchbrochen. Seine Wahl fällt auf eine wenig fordernde Action-Komödie, die dazu einlädt, alle Gedanken beiseite zu schieben und das absurde Geschehen des Fernsehbildes zu verfolgen. Den Inhalt des Päckchens zieht er sich zügig durch die Nase während ich ihn dabei beobachte. Als der Abspann eingeblendet wird und energiegeladene Rockmusik diesen untermalt, sind wir jeweils bei unserem dritten Bier und einem überfüllten

Aschenbecher. In der Luft hängen Rauchschwaden. Zu meiner Verwunderung, denn durch die mittlerweile noch undichteren Fenster in meiner Wohnung herrscht sonst eine relativ passable Luftzirkulation. Domenic erzählt mir von seiner Arbeit. Er beschwert sich über seinen inkompetenten Chef und faule Arbeitskollegen. Stolz berichtet er wie er heute die ganze Chefetage persönlich beleidigt und dann den Betrieb verlassen hat. "Das ist mir einfach zu blöd dort, reine Zeitverschwendung. Aber das Beste ist, dass die zu besoffen waren, um irgendetwas zu sagen. Bloß lächerliches Herumgestottere kam aus denen raus, ich hätte es am liebsten aufgenommen und online gestellt. So geil." Vielleicht wäre es gar nicht so schlecht, so unbeschwert zu denken wie er es tut. Nach meinem Tag fragt er nicht einmal. Warum auch. Er fordert mich auf, noch etwas mit ihm zu unternehmen. Hinausgehen, etwas tun, leben. Doch genau das fürchte ich am meisten. Ich habe keine Kraft. Ich will liegen bleiben und mehr nicht. Einfach nur liegen bleiben, während ich meine schmerzliche Existenz inhaliere und als Rauch wieder hinaus atme. Liegen bleiben, während jede Faser meines Körpers nach Erlösung schreit. Doch Erlösung wo, und wie? Was ich auch tun muss für diese Erlösung, irgendwann habe ich genug Kraft gebündelt, um sie zu ergreifen. Ich werde frei sein. Die Tür fällt ins Schloss, das metallische Klicken lässt mich in Gänsehaut erschauern, als Domenic meine Wohnung und meinen Kopf verlässt. Nicht alleine zu sein, war so unglaublich fordernd. Ich dämpfe meine Zigarette aus und rolle mich wie ein Embryo auf meinem Bett zusammen. Ich habe viel getrunken und hoffe darauf, schnell einschlafen zu können. Der Kühlschrank dominiert die Stille mit seinem lauten Surren, welches für mich bereits eine gewohnte Geräuschkulisse der Wohnung darstellt. Mein Puls verlangsamt sich so wie meine Atmung schwerer wird und meine Augen flackern und nach hinten rollen. Der ersehnte Moment wird langsam greifbar. In der Mitte zwischen Wachsein in fremden Realitäten und Schlaf, der wie kühler Regen an einem heißen Sommertag hereinbricht und sich wie süße Befreiung über unsere erhitzten Körper ergießt, spüre ich dich, Anna. Es ist ein süßer Schmerz der mir Leben einhaucht, während ich dich umklammern darf wie lange nicht mehr. In diesem göttlichen Moment des Rausches schmecke ich dich. Ich rieche dich. Ich spüre dich und lebe. Im Traum, da begegne ich dir, Anna. Er soll für immer halten. Du warst die Sonne, die auf meine grauen Farben schien und sie bunt erstrahlen ließ. Du warst in meinen Nervenenden und hieltst die Verbindungen zusammen, damit ich dich spüren konnte. Damit ich überhaupt etwas spüren konnte. Du warst das Lebenselixier, welches durch meine Adern floss, um den blutigen unförmigen Klumpen in meiner linken Brust zum Pumpen zu bringen. Vom Leben zum Leben als Toter verdammt. Mein Elixier ist weg. Ich fühle mich taub. Dein Flüstern kreist in meinem Kopf, Anna. Du flüsterst immer lauter und schneller. Deine undefinierbaren Worte werden immer lauter und schneller. Deine Stimme rotiert in meinem Kopf, lauter, schneller. Wie tausende von Nachtfaltern, die ihre Freiheit erlangen und in die Lüfte steigen. Deine Stimme dringt an meine Ohren. Lauter. Schneller. ALEX! Ich zucke zusammen und liege schwer atmend wach. Der Schock sitzt mir in den Knochen. Du warst das Leben, Anna. Und nun bin ich leblos.

Die zwei Schritte nach vorn bleiben mir verwehrt,

denn ein Schritt hinter mir liegt der Abgrund,

die Welt verkehrt, was heißt das?

Vom Leben zum Tode doch zum Leben verdammt oder im Leben verrannt,
innerlich schwer verbrannt

zum leben als Toter ernannt?

Pure Schikane!

Hyänen die reißen,

das Fleisch das dich ausmacht entweihen

und sich festbeißen!

Magenfüllung bist du, sonst nichts.

Gefressen von den Großen,

den Geiern die hoch über dir kreisen.

und du willst sein wie deresgleichen?

Magenfüllung bist du, der diese Biester nährt.

Sie nähren sich an dir.

Du bist ihr Wirt.

Das ist dein Wert.

11. Wasser

Die Morgen sind am schlimmsten. Jeder einzelne Morgen. Oder Mittag, um genau zu sein. Es ist ein Kampf, doch bleibe ich regungslos liegen in meinem Bett, welches so viele Erinnerungen hält. Der Moment des Erwachens in die surreale Realität ist meine tägliche Dosis Bestrafung. Es ist Folter, auf die ich jeden Abend blicken darf. Wenige Stunden des Seins in süßen schmerzlichen Träumen, die mich leben und fühlen lassen enden abrupt, als ich zurück gerissen werde in diese Welt des Schwarz und Weiß. Regungslos verharre ich in meinem Bett und versuche mich zu erinnern, was tatsächlich ist. Was gestern war. Und was nicht mehr ist. Ich will mich nicht erinnern müssen. Mein Kopf wird dominiert von entsetzlicher Leere und zugleich purer Qual. Es ist Folter, und morgen erwartet sie mich erneut. So wie übermorgen. Immer. Mein Kopf ist mein Gefängnis, und ich büße lebenslänglich. Ich möchte mir die Qualen aus dem Leib schreien, doch sind diese Lungen nicht mehr mein. Irgendetwas zur Erlösung, irgendwas muss es doch geben, doch bin ich unfähig mich zu bewegen und dazu verdammt, hier zu liegen und an die vergilbte Decke zu starren. Ich habe entsetzlichen Durst. Es fühlt sich an, als hätte ich keinen Tropfen Wasser in meinem Körper, doch aufstehen und Wasser holen kann ich nicht. Der Fernseher schreit viel zu laut durch diesen Raum. Ich habe ihn zum Einschlafen eingeschalten in der Hoffnung, meine Gedanken abzuschalten. Die Töne irritieren mich enorm. Sie pulsieren in meinem Kopf und rammen kleine Messer in mein Hirn, doch die Fernbedienung liegt am Tisch, einen Meter entfernt. Regungslos verweile ich, während mein Körper sich immer mehr entfremdet. Er fühlt sich an wie Stein, der sich schwer in die Matratze drückt, und die Verbindung zu meinem Kopf schwindet mit jeder Sekunde, bis ich zuletzt nur mehr Hirn und Lunge bin. Deine Augen waren für mich wie das Wasser für einen Durstenden. Ich erinnere mich an das Gefühl. Und ich erinnere mich an mein Stottern als ich dich traf. Ein Geschenk, denn es brachte dich zum Lächeln und offenbarte eine Schönheit, die ich in diesem Ausmaß noch nie sah. Deine Augen waren hellblau in einer farblosen Welt. Sie hielten so viel bunte Schönheit, dass die Farben übergriffen und alles um sich herum färbten. Zum ersten Mal sah ich Farben. Zum ersten Mal fühlte ich diese auch. In langsamen Schritten finde ich aus meiner Verwirrung ein wenig zurück in diese surreale Realität, um mich für den heutigen Tag zu sammeln. Ich muss auf's Arbeitsamt. Und zur Gruppentherapie. Fehlen wird nicht toleriert. Funktionieren wird vorausgesetzt. Mein Körper richtet sich in mir unverständlicher Weise auf und taumelt in die Küche. Ich wärme den Kaffee in der Mikrowelle, nehme ihn raus nachdem das nervige Dauerpiepsen ertönt und schütte geistesabwesend den Inhalt einer abgestandenen Bierdose hinein. Drei Sekunden später bemerke ich den falschen Handgriff. Mein Gesicht verzieht sich und mein Magen rebelliert noch mehr als ohnehin schon. Eine Dusche bleibt mir leider nicht erspart, weshalb ich mich nach dem zweiten gewärmten Kaffee in das Badezimmer schleife, um vor meinem Spiegelbild zu erschrecken. Wie jeden Tag. Mit einem enormen Kraftaufwand schaffe ich es mich auszuziehen und in die Duschwanne zu steigen. Ich spiele lange mit der Temperatur, die immer entweder phasenweise zu heiß oder zu kalt ist und gebe mich irgendwann mit der etwas zu heißen Option zufrieden, da ich ohnehin weiterhin frieren werde, wie sonst auch. Ich versuche stehen zu bleiben und mich einzuseifen, doch die Bewegungen scheinen mir einfach unmöglich. Meine Arme hängen leblos an meinem Körper herab, als wären sie bloß Dekoration. Mein Oberkörper kippt nach vorne, um an der Duschwand Halt zu finden, doch meine Beine halten mich nicht länger. Somit knicke ich ein und sitze kurz darauf in dieser verschmutzten Duschwanne, die Arme nutzlos zu Boden, den Kopf an die Fliesen gelehnt, und mein Körper gepeitscht von Heißwasser mit Phasen von plötzlicher Kälte. Wasser rinnt in Strömen über mein Gesicht und erschwert mir die Atmung. "Du musst funktionieren. Andere schaffen das mühelos.", werfe ich mir selbst vor, wie bereits so oft. Das Warmwasser schwindet immer mehr bis ich von einem eiskaltem Strahl ummantelt werde. Ich bleibe darin sitzen.

12. Meine Nummer ist

Die Empfangshalle des Arbeitsamtes wirkt muffig und ich sitze auf einem unangenehmen grauen Plastiksessel. In meiner Hand halte ich einen kleinen Zettel mit der Nummer 99 darauf. Vor mir sind vier Leute dran, dann muss ich zum Schalter gehen und mit den Menschen reden. Beim Gedanken daran wird meine Atmung schneller und mir wird schwindelig. Nicht daran denken. Du machst dir nur einen Termin aus. Es warten viele Menschen. Sie alle sehen grimmig aus. Jeder in diesem Raum wäre eindeutig gerne woanders. Die nächste Zahl wird aufgerufen und eine ältere Frau geht hastig auf den Schalter zu, um von dem mürrisch aussehenden Mann dahinter angeschnauzt zu werden. Das Personal wäre auch gerne woanders, und wer kann ihnen verdenken dass sie in ihrer Verbitterung versinken? Meine Nummer ist mittlerweile als nächstes dran und ich werde immer nervöser. Mein Magen ist flau, Strom rennt durch meinen Körper und Schwindel macht sich breit, um mir das Gefühl zu geben, ich hätte kein bisschen Kontrolle mehr über mich. Es ist soweit und die Nummer 99 tönt aus dem verzerrten Lautsprecher. Ich wanke zu Schalter 3 und versuche meine Gedanken zu sammeln, doch es ist alles weg. Die Frau hinter dem Schreibtisch würdigt mich keines Blickes. Was habe ich mir vorhin noch tausende Male vorgesagt? "Ich...ähm..." stammelt meine zittrige Stimme, doch wird sie mit einer messergleichen Schärfe abgeschnitten. "Sozialversicherungsnummer." "Achja...ähm...Moment..." Die Nummer, die stellvertretend für meinen Namen und meine Identität steht, fällt mir doch noch ein und ich sage sie auf, so als hätte ich sie brav mein Lebtag lang gelernt. "13:55 Uhr, 2.Stock, Raum 2.3." "Heute?" Entkommt mir in einem Ausstoß der Überraschung. Ein Fehler. Sie sieht das erste Mal zu mir auf, sichtlich genervt. "Ja, heute. Haben Sie ein Problem damit?" "Nein, nein! Das passt!" "Nächster!" Somit wäre dieser Schritt erledigt, doch ist mir nun noch übler zumute beim Gedanken daran in 15 Minuten im zweiten Stock eine ähnliche Situation durchleben zu müssen. Bloß mit verschlossener Türe... Ich gehe aus der Eingangstüre hinaus und zünde mir eine Zigarette an. Ich stelle mir Szenarien vor, in denen ich neue Menschen kennenlerne und mich statt mit einem Namen mit einer Nummer vorstelle. Vermutlich wurde dies in der Realität nicht durchgesetzt, da es schwerer ist, sich Unmengen an Zahlen zu merken als einfach nur Namen. Meine Zigarette beschert mir wieder einmal einen Hustenanfall, der mir die Tränen in die Augen treibt, doch ist sie ohnehin bereits am Filter angelangt. Ich betrete das Gebäude erneut und gehe auf den Aufzug zu, der einige Minuten auf sich warten lässt und dann eine Mischung aus bekümmerten, mürrischen und genervten Gesichtern ausspuckt. Ob sie sich jemals diese Gedanken zu ihren Nummern gemacht haben? Wahrscheinlich nicht, und es ist bloß erneute Spinnerei von mir, um mich abzulenken. Der Aufzug befördert mich in den zweiten Stock, und beim Versuch, diesem zu entfliehen, drängen mich Menschen, die es scheinbar nicht erwarten können zu gehen, zurück hinein. Ich kämpfe mich durch sie durch und lasse mich erneut auf einem ungemütlichen grauen Plastiksessel fallen. Diese Ebene hat mehrere Türen, die alle verschlossen sind. Zwei Men-

Griechischer Wein

schen warten so wie ich auf ihren Termin und halten den größtmöglichen Sicherheitsabstand zueinander. Die Tür zum Raum 2.3. wird kurz nach 14 Uhr aufgeschmissen und ein junger Mann entflieht diesem. Ich warte einige Sekunden, stehe auf und nähere mich dem Raum. Die Frau hinter dem Schreibtisch blickt kurz auf und bittet mich in harschen Tönen herein. "Sozialversicherungsnummer." Ich sage meine Nummer auf und sehe ihr zwei Minuten angespannt dabei zu, wie sie Dinge in ihr System tippt. Es herrscht Stille. "Sie haben eine Ausbildung in der Gastronomie." Das war keine Frage, eher eine Feststellung. Ich bejahe dies einfach. Weitere Minuten verstreichen bis der Drucker plötzlich zu arbeiten beginnt. Sie entreißt diesem ein paar Zettel, die sie mir aushändigt mit den Worten: "Sie sind verpflichtet sich bei diesen Stellen zu bewerben und uns über den Verlauf Ihrer Bemühungen auf dem Laufenden zu halten. Andernfalls droht Ihnen die Sperrung ihrer finanziellen Leistungen. Bei Urlaub und Auslandsaufenthalten sowie Krankenständen müssen Sie uns das unverzüglich melden. Ebenso bei Arbeitswiederaufnahme. Bei Nichtwahrnehmen eines Termins wird ihnen das Geld gesperrt, bis Sie wieder bei uns vorsprechen. Gesperrt werden Sie auch, wenn Sie eine Arbeitsaufnahme ohne triftigen Grund verweigern. Unterschreiben Sie, dass Sie über das eben Erwähnte informiert wurden. In einem Monat ist Ihr nächster Termin. Wiedersehen." Ich unterschreibe den Zettel hastig, greife nach den Papieren, verabschiede mich und verschwinde aus dem Raum. Geschafft. Schnell weg hier. Anstatt auf den Aufzug zu warten, nehme ich dieses Mal die Treppen und eine halbe Minute später habe ich das Gebäude verlassen. Reflexartig zünde mir eine Zigarette an und mein Hals reagiert mit starkem Brennen. Eine Parkbank lädt zum Ausruhen ein und ich lasse mich auf dieser fallen, um mir in Ruhe anzusehen, was ich eben unterschrieben habe. "Abmachung zwischen dem/der KlientIn und dem/der zuständigen BetreuerIn. Die angeführten Punkte wurden gemeinsam besprochen, abgemacht und orientieren sich an den Bedürfnissen des/der Klienten/Klientin mit dem Ziel der möglichst erfolgreichen qualitativen Wiederaufnahme einer Beschäftigung im Ausmaß einer Vollzeit/Teilzeit Stelle. Bereich: Gastronomie/Hilfsarbeit/Saisonarbeit/Sonstiges. Es gilt die Verpflichtung der Einhaltung aller angeführten Punkte" Aha. Ich sehe mir die nächsten Zettel mit den Stellenangeboten an. Darunter finde ich Stellenausschreibungen als AbwäscherIn, Hilfskoch/Hilfsköchin sowie als FundraiserIn. Die Stellen sind zum Teil nicht einmal in diesem Bundesland und bieten zu wenig Stunden, um mit dem Gehalt zu überleben. Die nächste Seite versetzt mir einen Schlag. Das Hotel, welches mich jahrelang beschäftigt und nun wegen Einsparungen entlassen hatte, sucht HilfskellnerInnen. Die Gehaltsangaben sind unmenschlich. Die Ansprüche an die Qualifikation in Relation schlicht absurd. Meine zweite Zigarette seit ich hier sitze brennt aus. Ich fühle mich komplett ausgelaugt. Der Tag war bis jetzt bloß fordernd. Doch welcher Tag ist dies nicht? Die Gruppensitzung beginnt um 18 Uhr. Ich wünschte, ich hätte bereits alle Verpflichtungen erledigt, doch es hat scheinbar nie ein Ende. Ich überlege, ob ich etwas Sinnvolles tun sollte, jetzt wo ich schon draußen bin, doch entschließe mich dazu nach Hause zu fahren, um mich wenigstens noch ein bisschen hinlegen zu können bevor das Chaos erneut losbricht. Ich wäre so gerne frei von all dem.

13. Erinnerungen an den Kreisverkehr

Meine Scheinwerfer beleuchten den Asphalt und die Bäume, die seitlich an meinem Auto vorbeiziehen. Alles herum wird in tiefe Finsternis gehüllt, die nahezu durchschneidbar wirkt. Ab und zu kommen mir Scheinwerfer entgegen, die wenige Sekunden darauf schon hinter mir liegen. Im Auto leuchtet abgesehen vom Tachometer und der Glut meiner Zigarette noch die Warnlampe des Tankfüllstandes auf. Nine Inch Nails tönen durch meine Autoboxen und wiegen mich in einen tranceähnlichen Zustand, während ich geistesabwesend mein Fahrzeug lenke. Ich hole Anna. Sie hat mich heute Nacht verzweifelt angerufen und gebettelt, dass ich sie von einem Dorf abhole. Dessen Name kommt mir auf unerklärliche Weise sehr bekannt vor. Ihre Stimme klang zittrig, fragil... Ich bin sofort ins Auto gesprungen und habe mich auf den Weg gemacht. Sie hat mich angerufen... Mich. Sie nimmt Kontakt zu mir auf. Eintönige einsame Landstraßen. Geradeaus, immer geradeaus. Irgendwann muss doch eine Tankstelle kommen. Mein Tacho zeigt 120 km/h an und der Zeiger meiner Tankuhr steht auf Null. Ich fahre mit Reservesprit.

"I believe I can see the future, 'cause I repeat the same routine.

I think I used to have a purpose. But then again...

That might have been a dream.

I think I used to have a voice. Now I never make a sound.

I just do what I've been told. I really don't want them to come around."

Mitten im Nirgendwo taucht ein Kreisverkehr auf. Ich bremse ab, liege jedoch noch mit zu viel Schwung in der Kurve, sodass es mich links in meine Armlehne presst. Die zweite Ausfahrt führt über einen holprigen Schotterweg zu einer Tankstelle. Ich danke meinem Glück und atme erleichtert auf. Alte Fabrikgebäude nehmen den Raum rechts von der Straße ein. Es sind mehrere Autos davor geparkt. Der Schotterweg, über den ich im Schritttempo schleiche, wird seitlich umrahmt von LKWs. Kein Mensch weit und breit. Auch nicht im Verkaufsraum der Tankstelle. Dieser ist abgesehen vom Leuchten der Kühlschränke dunkel. Ich frage mich, was mit

Anna los ist und schäme mich für die Freude, dass sie ausgerechnet mich angerufen hat. Ich fahre zu einer der Zapfsäulen, die mit Kreditkarte in Betrieb genommen werden muss, drehe den Motor ab und steige aus in die frische kühle Nachtluft. Aus meinem Auto wummert der Bass.

"Every day is exactly the same There is no love here and there is no pain

Every day is exactly the same "

Gelassen gehe ich um mein Auto herum und stecke meine Karte in den Automaten. In der Ferne höre ich Geräusche und vermute eine Art Feuerwehrfest in der Nähe. Viel Gekreische. Sicherlich viele betrunkene Minderjährige, die ihre Grenzen austesten und morgen Früh den süßen Duft der Reue als magenzersetzende Einleitung in die Erwachsenenwelt schnuppern dürfen. Der Automat reagiert nicht auf meine Karte. Ich nehme sie raus, reibe sie am Metallgehäuse und stecke sie erneut hinein. Nichts. Langsam macht sich die Kälte für mich bemerkbar, denn als ich aus meinem warm beheizten Auto stieg, hatte ich nicht mehr als ein Oberteil nötig. Der Automat ignoriert mich. Vermutlich ist er einfach leer. Wie es ihr wohl gerade geht… Und was sie bloß dort draußen macht? Irritiert steige ich in mein Auto und fahre zur nächsten Zapfsäule, um wieder leicht bekleidet am nächsten Automaten zu stehen. Ich führe meine Kreditkarte ein. Nichts. Die Geräusche aus der Ferne werden immer lauter, präsenter. Dem Schreien nach zu urteilen kann das kein Feuerwehrfest sein. Kettensägenlärm ist hinzugekommen und ich schmunzle. Vermutlich wird gerade ein Low-Budget-Splatter-Film im alten Fabrikgelände gedreht, deshalb die vielen Autos vor dem Gebäude. Die haben sicherlich gerade eine Menge Spaß und sind voll in ihrem Element. Das Schreien klingt so verzweifelt und realistisch, dass es direkt ins Knochenmark dringt. Ein wenig Sorgen bereitet es mir ja schon. Zu den verzweifelten

Schreien und kreischenden Kettensägen in der Ferne verzweifle ich an dieser Zapfsäule und versuche mich an der Inbetriebnahme des Zapfhahnes. Vielleicht muss dieses Gerät noch ein wenig mehr aufgefordert werden, doch selbst nach meinem fordern spuckt der Zapfhahn nichts aus. Ärger macht sich in mir breit. Es reicht mir langsam. Ich werfe mich in mein Auto und ziele die nächste Säule an. Ich springe aus dem Auto und stampfe auf den dritten Automaten zu. Harsch stecke ich meine Karte hinein und vernehme das dramatische Kreischen und Schreien aus dem Fabrikgebäude. Es wird immer lauter, immer realistischer. Scheiße. Wenn das jetzt doch kein Filmdreh ist? Dann muss ich doch was tun! Aber was? Soll ich einfach hinein spazieren und nachsehen? Die killen mich doch! Das sind wahrscheinlich blutrünstige empathielose Wesen! Ich muss doch irgendetwas tun, doch die Polizei zu rufen überschreitet meine Hemmschwelle, denn wahrscheinlich ist ja doch nichts. Es ist sicher nichts. Aber was wenn doch, und jemand mitbekommen hat, dass ich hier bin? Meine Gedanken rasen im Kreis und spielen alle möglichen Szenarien durch. In einem der LKW neben der Tankstelle geht das Licht an und es ist ein Klicken zu hören. Das war's. Panik. Spuck doch endlich den verdammten Diesel aus! Der Automat ignoriert mich weiterhin und ich verfluche ihn, während die Spannung in meinem Körper mit jeder Sekunde im Freien steigt. Schreie, Kettensägen, Bassgewummer aus meinem Auto. Kalte, frische, schwarze Luft, die meine Lungen füllt. Angst, die aus meinen Poren trieft und mich zum Jagdobjekt degradiert. Weit und breit nichts als diese Tankstelle, das Gebäude, die LKWs, ich und der Kreisverkehr, der mich über einen Schotterweg hierher leitete. Autotüren, die zuknallen. Anna, die Hilfe braucht. Zu viele Gedanken, die ich nicht mehr zuordnen kann. Weg hier. Ich ziehe meine Karte raus, haste in mein Auto und gebe Gas. Mit quietschenden Reifen fahre ich an den LKWs vorbei und visiere den Kreisverkehr an. Meine Tankuhr warnt unaufhörlich. Links von mir zieht das alte Fabrikgelände vorbei und ich riskiere einen Blick. Es ist ein Schlachthaus.

14. Der Tag, an dem mein Mentor starb

Der Sommer ist widerlich. Die Stadt wird zunehmend lauter, verdreckter. Überall Menschen die aus ihren Löchern kriechen und den Boden mit Essensresten und Eiscreme pflastern. Überall intensive Gerüche. Gewürze, Schweiß, Chlor, Urin. Schreiende Kinder. Rücksichtslose Fahrradfahrer. Ich bin aus meiner Wohnung geflüchtet, die einem Ofen gleicht, wenn auch das Aufstehen enorme Mühen mit sich brachte. Die Sonne lässt mich erblinden und hüllt mich in ungeheure Hitze. Ich mache mich auf den Weg zu Elke, um mich zu betäuben. Heute ist mein Geburtstag. Ein schrecklicher, trostloser Tag. Bei Elke angekommen, lasse ich mich selbst in den Garten und gehe vorsichtig, um die Löcher im Boden zu vermeiden, Richtung Haustüre. Aus den geöffneten Fenstern hängen bereits ihre Hunde halb heraus, die mich laut jaulend, winselnd und bellend begrüßen. Elke sitzt in ihrem dunklen Wohnzimmer auf ihrer Schlafcouch und hat bereits die erste Flasche geleert. Sie wirkt fröhlich, doch beklagt sie sich über die Hitze. Ich nehme mir ein Bier aus dem Kühlschrank und lasse mich auf ein kleines Sofa fallen. "Heute unternehmen wir was Schönes! Ich bin so motiviert, weißt du? Das wird so toll! Ich hab Karl und die Anderen zum Grillen eingeladen, sollen alle ihre Wauzis mitnehmen. Dann schmeißen wir eine große Hundeparty und füllen die Wanne auf, damit die schön toben können! Und am Abend kommst du eh mit zur Hedi, gell? Da ist heute Karaokenacht, das wird so lustig!" Sie redet zwar immer noch, doch sind meine zustimmenden Laute zwischendurch mehr als genug Reaktion, um sie glücklich zu stimmen. Die Hunde fangen an zu toben, als zwei bierbäuchige Männer, eine füllige Frau und ein dicker alter Hund den Garten betreten, in den Händen ein Sixpack Bier und eine Einkaufstasche. "Seas! Do Samma! Wo kömma des koit mochn?" Der Mann, der eben noch sprach, nimmt sich mit diesen Worten ein warmes Bier aus dem Sechsertragerl, öffnet es mit einem Zischen und Schäumen und wirft seinen Kopf zurück, als er sich den Inhalt hastig in die Kehle schüttet. Aus seinen Mundwinkeln rinnt die Flüssigkeit in seinen dunklen zotteligen Bart, wo sie sich an der Spitze erneut sammelt und auf den Boden tropft. Der zweite Mann hat eine Glatze und war bereits beim Eintreffen sehr leicht bekleidet, doch war es mir durch seine ledrig braungebrannte Haut nicht gleich aufgefallen, dass er nur sehr kurze enge Hosen trägt. "Wo sind denn die Anderen von eurer Truppe?" Elke zieht ein unzufriedenes Gesicht. "Sag, reich ma dir net? Nah, nur a Schmäh. Die san no einkaufen. Hom irgendwos von Gemüse gfaselt, de Lustign de." Seine Belustigung drückt er mit einem lauten Rülpser aus, um sich dann der Einkaufstasche zuzuwenden. Der Tag zieht sich durch die Hitze wie zäher Kaugummi mit Grillaroma. Mehr Menschen und Hunde kommen nach und nach, allesamt starke Trinker. Sogar die Hunde. Die Stimmung ist ausgelassen, locker. Die Hunde flitzen durch den Garten, springen in ihren Pool, stehlen Essen und Bier von unaufmerksamen Betrunkenen und schmeißen regelmäßig etwas um. Als die Sonne ihren Rückzug ankündigt, sind die Gäste bereits gut bedient, doch in Partylaune. Ihnen fällt die Karaokenacht im Café Hedi wieder ein und ein begeistertes Durcheinandergerede nimmt den Garten ein. So machen wir uns auf den Weg. Ich gehe mit, denn… Habe ich eine bessere Option? Der Gedanke daran, jetzt einfach alleine in mein Rattenloch zurückzukehren, ist unerträglich. Dort bin ich gnadenlos meinen Gedanken ausgesetzt. Als ich die Schwingtür ins Lokal öffne, dringt eine luftlose angestrengte Stimme in mein Ohr, die mit aller Macht versucht zwei Oktaven über ihrer Schmerzgrenze zu singen. Der zugehörige Mann kommt zum Ende und wird johlend und klatschend von der improvisierten Bühne gebeten. "Soooo schön, mein Klausi, sooo schön..." Klausi´s Freundin gibt ihm einen nassen Schmatzer auf die Lippen und Klausi schaut verlegen zu Boden, wie ein kleiner Schuljunge, der einen Nippel gesehen hat. Auf die Bühne steigt nun ein älterer kleiner Herr mit Halbglatze und kleinen Augen, die sich hinter einer dicken Hornbrille verstecken. Er trägt eine schwarze Stoffhose und ein grau gestreiftes Hemd. Sein dunkler Schnauzbart ragt präsent über seinen unauffälligen schmalen Lippen hervor. Für seine heutige Show hat er sich ordentlich in Schale geworfen und seine schwarzen Lackschuhe machen nun Bekanntschaft mit der labilen Erhöhung im Raum, die die Bühne darstellt. *"And now, the end is near..."* Der Mann mit dem Schnauzer legt all sein Gefühl in die ersten Zeilen von – wie könnte es anders sein – „My Way", sodass es nahezu schmerzlich ist, seiner angestrengt gehauchten Stimme zuzuhören. *"For what is a man, what has he got?"* Der kleine Sinatra wirkte zu Beginn verhalten, doch kommt er mit jeder Sekunde des Liedes mehr aus sich heraus und sein Haupt richtet sich immer weiter nach oben, wodurch er nun stolz und breitbeinig die Bühne einnimmt. Als hätte er seinen tristen Büroalltag ganz hinter sich gelassen, um nun bloß für nichts mehr als diesen Moment zu leben. *"Yes, it was myyyyyy waaaaaayyyyyyyyyy".* Als die letzte langgezogene Zeile im selbstbewussten Vibrato erklingt und der Mann während des Liedes einige Zentimeter gewachsen erscheint, gibt es tobenden Applaus und einige tränenreiche Umarmungen. Der weitere Abend verläuft ähnlich, bloß birgt die Bühne mit ansteigendem Alkoholpegel zunehmend eine Sturzgefahr für die Stars des Abends, weshalb bald mit dem Boden vorlieb genommen werden muss. Die Luft ist stickig warm und verraucht und die Geräuschkulisse sehr hitzig aufgeregt, so als wäre heute ein be-

Griechischer Wein

sonderer Feiertag und die Gäste lauter Kinder, die gerade Geschenke bekommen haben. Es ist kein Tag zum Feiern. Nein. Es ist ein Tag, auf den ich gerne verzichtet hätte, mein Geburtstag. Die Umstände meiner Geburt. Die Tür zum Lokal schwingt auf und ich sehe sprühende Funken, die in der anfänglichen plötzlichen Stille laut zischen. Plötzlich beginnen die Gäste zu grölen: *happy birthday to you...* Die Funken sprühen auf einen Kuchen hinab, der von Domenic hineingetragen wird. Dieser Bastard. Er weiß, ich hasse unseren Geburtstag. Gequält lächelnd versuche ich diese Situation so gut es geht zu ertragen. In Kürze wird der Anlass wieder vergessen sein und die Leute werden sich nur mehr für den Kuchen interessieren. Nachdem die ganze mühsame Prozedur des Anschneidens und Austeilens erledigt ist, schmeißt sich Domenic auf die Sitzbank gegenüber von mir. "Heute reiß´ ma was an!", verkündet er belustigt. "Wird zwar nicht so spaßig wie unser Tag eins, aber vielleicht vergleichbar!" Er grinst dämlich. "Verdammt Domenic, du weißt, ich hasse diesen Tag!" Es hat keinen Sinn zu versuchen sich herauszureden. Er hat seinen Plan und wird ihn auch durchsetzen. Kurz darauf sitzen wir auch schon in seinem Auto und er tritt auf das Gaspedal. Konversation ist unmöglich, denn die Musik wummert laut durch das Gefährt, während er das Lenkrad bei jeder Kurve herumreißt ohne abzubremsen. Ich klammere mich an meinem Sicherheitsgurt fest und lockere ihn somit, was den gegenteiligen Effekt seines eigentlichen Nutzens erzielt. Er bremst gerade noch rechtzeitig scharf ab, um hinter dem Auto vor uns zum Stillstand zu kommen. Er sieht wie ich mich festklammere und lacht. "Keine Sorge, ich hab ja gute Bremsen!" "Die Anderen aber vielleicht nicht!", protestiere ich. "Mann, Alex. Sei nicht immer so ´ne Spaßbremse." Über das laute Gewummer verstehe ich kaum ein Wort, doch frage ich nicht weiter nach. Jedes mal vergesse ich auf seinen impulsiven aggressiven Fahrstil, um dann auf die harte Tour erneut erinnert zu werden. Dabei sollte es mir bei seiner Art logisch erscheinen. Wohin es gehen soll, weiß ich noch immer nicht, doch sehe ich keinen Sinn dahinter zu fragen, wenn ich es ohnehin nicht ändern können werde. So lang kann der Abend ja nicht mehr werden. Mit quietschenden Reifen kommen wir zum Stehen und Domenic parkt sich zügig in eine Lücke zwischen anderen Autos ein. Wir steigen aus und ich folge ihm, in leichtem Unbehagen, was ich nun wohl aushalten werden muss. An einem Ecklokal bleibt er stehen und grinst mich verschmitzt an. Über der Tür steht in roter Neonschrift "Girls Girls Girls".

15. Impulsdurchbruch

"Alex!" Lauthals werde ich aus meinen Tagträumen gerissen. "Es wäre toll, wenn du dich endlich dazu herablassen könntest, dich auf die Gruppe einzulassen! Es ist jedem einzelnen hier gegenüber nicht fair, wie du dich herausnimmst, als ginge es dich nichts an! Zumindest zuhören, wenn du schon nichts preisgibst!" Die schon wieder... Ich nicke, um zu bestätigen, dass die Nachricht angekommen ist und versuche bis zur Pause aufmerksam auszusehen, während die Menschen im Kreis sich nach und nach emotional entblößen. Die Nacht war lang, flüssig und anstrengend. Von mir wurde durchgehend gute Laune erwartet, also habe ich mir die bestmögliche Maske aufgezwungen, um die ganzen Menschen um mich zufrieden zu stimmen. Sie meinten es nur gut, auch wenn ich eigentlich nicht dort sein wollte. Und HIER will ich auch nicht sein! Was tue ich hier? Wie bin ich hierher gekommen? Was soll ich mit all diesen ruhiggestellten, emotionalen Totalschäden in einer Gruppe? Dieses System kotzt mich an. Eine Pause wird einberufen und in mir macht sich Erleichterung breit. Ich haste hinaus zu meiner rituellen Zigarette an meinem gewohnten ruhigen

Griechischer Wein

Ort. Ich versinke in meinem öden Kopf. Nach dem Arbeitsamt war ich so erschöpft, dass ich daheim eingeschlafen bin. Ich habe geträumt. Nichts Schönes, doch ist es schön zu träumen. Ein wenig Leben spüren. Mein letztes bisschen Leben. Die Zigarette ist am Filter angelangt und ich beschließe, mir Kaffee zu holen, von der anderen Gruppe. Der erträglichen. Lisa war gestern auch in dem Nachtclub und ich hatte ihr versprochen, heute kurz bei ihrer Gruppe vorbeizuschauen und Hallo zu sagen. Ein normales Gespräch war gestern Abend nicht mit ihr möglich, weil sie arbeiten musste. Ich betrete den Raum und sehe Johannes am Kaffeetisch stehen. Er ist nicht zu übersehen, mit seiner bärigen Art. Mit ihm habe ich bereits einige Gespräche geführt und so gehe ich selbstbewusst auf ihn zu. Er ist ein netter Mensch, oder glaubt es zu sein. Ehrlich gesagt würde ich ihn als schwer gestört bezeichnen, er weiß es bloß nicht. Aber deshalb mag ich ihn. Seine Selbstwahrnehmung ist so verzerrt, dass es charmant ist und mich immer wieder an eine deutsche Dogge erinnert die sich für einen Chihuahua hält. Zu viele Gedanken, ich drifte ab. Er unterhält sich mit einer Frau, die ich noch nie hier gesehen habe. Georg, ein ewiger Teenager in seinen Vierzigern, ist ebenso am Gespräch beteiligt. Sie kommt mir bekannt vor und ich krame in meinem Kopf nach einer Antwort auf meine Frage: Woher bloß? Als ich mich den beiden nähere, macht es durch ihre tiefe rauchige Stimme klick in meinem Kopf. *"Notgeile Hausfrauen warten auf dich!"* Geil. Die aus dem Nachtprogramm im Fernsehen. Durch die Beschallung beim Einschlafen habe ich oft von ihr geträumt, doch so sah sie nie aus. Enttäuschend irgendwie. Sie muss mein Starren gespürt haben, denn sie dreht sich zu mir um und mustert mich verwundert ein paar Sekunden, bevor Johannes mich bemerkt und lauthals begrüßt. "Das ist Sarah, sie ist neu hier. Sie hat mir gerade von einigen gefährlichen Vorlieben von ihr erzählt, verstehst?" Johannes ist sichtlich begeistert und hochrot im Gesicht, seine Stirn sowie seine braunen Schmalzlocken schweißgebadet. Sie beachtet mich nicht weiter und ihre bassige Stimme setzt die unhöflicherweise von mir unterbrochenen Erzählungen fort. Johannes und Georg hängen an ihren Lippen. Ich gehe mit meinem Kaffee weg, da mich die detaillierte Beschreibung ihres ärgsten Strangulationsrausches nicht interessiert. Am anderen Ende des Raumes sitzt Lisa und betrachtet mich so, als wäre ich ein Stück Fleisch. Ich versuche das zu ignorieren und gehe trotzdem auf sie zu, um mich nach ihrem restlichen gestrigen Abend zu erkundigen. Sie erzählt von ein paar Besoffenen, die zur Sperrstunde mit dem Stiefel des Türstehers nach draußen befördert werden mussten. Ich erinnere mich an die drei. Die waren ziemlich schleimig abstoßend und hatten null Respekt vor Grenzen. Sie tut mir leid dafür, mit so einem Klientel arbeiten zu müssen, aber nachdem ich den gestrigen Türsteher gesehen habe, weiß ich, dass die Typen es sicher nicht noch einmal drauf anlegen werden. Nach einigen Versuchen meinerseits, ein Gespräch ohne zweideutige Anspielungen aufrecht zu erhalten, wird die Konversation nur mehr anstrengend. Sie schlägt mir vor, sie wieder in der Arbeit zu besuchen und versucht mit Überraschungen zu locken, aber ich schlage ihr Angebot aus. Ich sage ihr, dass ich vielleicht mal wieder auf ein Getränk vorbeikomme, weiß jedoch selbst, dass ich es nie tun werde und nur nicht unhöflich sein möchte. Ich habe mich bedient, ein bisschen mit den Leuten geredet und bin relativ zufrieden, also beschließe ich zu gehen. Eine Zigarette geht sich noch aus. Einige Sekunden nachdem die Tür ins Freie hinter mir zufällt, schwingt sie wie zu erwarten wieder auf und Maurice, der junge eigenartige Mann aus meiner Gruppe mit der schlechten Haut und denselben strähnigen Haaren wie an den Terminen zuvor, kommt auf mich zu gewankt. Er beginnt zu reden. Meine Stille lädt ihn scheinbar dazu ein und er hat solchen Gefallen daran gefunden, dass er mittlerweile an mir

Griechischer Wein

klammert wie ein bluthungriger, hässlicher, fetter Zeck. Ich inhaliere den Rauch und atme ihn langsam wieder aus, während meine Augen starr nach vorne gerichtet sind. Ich kann ihn nicht ansehen. Ab und zu gebe ich unmotivierte Töne der Zustimmung von mir, während er mich mit Fragen bombardiert, die er sich ohne eine Antwort abzuwarten, selbst beantwortet. Ich versuche ihn auszublenden. Der Traum aus meinem Mittagsschlaf hängt mir noch nach. Anna hat mich in einem Raum voller Menschen gedemütigt, verstümmelt und in einen Käfig gesperrt, um mich hilflos ansehen zu lassen, wie sie ein intimes Bündnis mit meiner Gruppenleiterin eingeht. Schallendes Gelächter, verachtende Blicke, die mich zu einer niederen Lebensform degradieren. Kein Platz für Stolz. Alles eine Lüge. Nur ein Traum. Nur ein Traum, verdammt! Nur ein Traum, und Anna ist wieder weg. Wie ein Messerstich, jedes Erwachen am Morgen. Verwundert verharre ich Tag für Tag vorm Spiegel und starre die Reflexionen meines Körpers an, die von Narben und frischen Einstichen übersät sein sollten. Nichts. Wieso spüre ich sie dann? Meine Haut ist zu rein. Das habe ich nicht verdient. Deine liebenswerten Abgründe sollen auch die meinen sein, zumindest das bin ich dir schuldig. "Hm? Ist doch so, oder? Oder, findest du nicht? Nicht? Alex? Ist doch logisch! Oder? Sollten die wirklich tun! Nicht? Oder?" Ich spüre wie seine glubschigen Augen mich erwartungsvoll anstarren. "Verdammt, geh endlich! Das hält doch niemand aus!" Aggression überkommt mich mit einem ungeheuren Druck, der sich durch meine Faust an der Wand entlädt. Meine Hand fühlt sich taub an. "Ja, tschuld..." versucht Maurice mit einem lapidaren Tonfall anzusetzen, als wäre er ähnliche Reaktionen bereits gewohnt. "SCHLEICH DICH! GEH!" Jede Sekunde, in der ich noch seine Präsenz ertragen muss, habe ich das Gefühl mehr und mehr die Kontrolle zu verlieren. Ich presse meine Zähne so fest aneinander, dass mein Kiefer schmerzt. Ich bin so unglaublich wütend, dass er die Respektlosigkeit besitzt, meine Gedanken an Anna zu unterbrechen. "Geh ja schon... Übertreib mal nicht..." murmelt er vor sich hin, während er mit gesenktem Kopf Richtung Tür schleicht. Das Knallen der Tür lässt mich erleichtert aufatmen. Endlich alleine. Die Pause ist garantiert schon vorbei, aber ich kann unmöglich in diesen Raum zurück. Ich spüre nur mehr Hass. Der Gedanke daran nimmt mir die Luft und ich lasse mich auf den dreckigen Asphaltboden fallen. Zusammengekauert verweile ich hier und bin so voller Anspannung, dass ich nicht merke wie sich Hautfetzen unter meinen Fingernägeln sammeln. Meine Arme sind rosa bis blutrot und bedeckt mit klebriger Wundflüssigkeit. Ich habe sie aufgekratzt. Schnell und zittrig lege ich meine Hände über meinen Mund und beginne zu schreien. Ich schreie mit aller Kraft. Immer und immer wieder. Mein Hals schmerzt. Ich beiße mir auf die Hand, um mich ruhig zu stellen, doch das Schreien tönt weiterhin aus meinem Körper. Die Tür fliegt auf und die Gruppenleiterin kommt herausgestürmt, aufgebracht. Wahrscheinlich. Ich weiß es nicht. Sie packt mich, ich schreie sie an. Sie versucht meine Hände zu fixieren und kreischt laut auf, während ich um mich schlage und trete. Ich habe sie gebissen. Glaube ich. Angeblich. Ich stehe neben meinem Körper und sehe zu, doch mein Blick schweift immer wieder ab und macht es mir unmöglich, ihn auf das Geschehen zu fixieren. Was ist aus mir geworden? Blackout.

16. Liebe, eine Qual.

Du Monster. Du Verräterin. Du schamlose Ausgeburt der Hölle. Deine Augen wie ein Schluck Wasser für einen Durstenden. Zwei Wochen Wüste und du kommst daher und ich jauchze nach den ersten Schlucken. Kein Aufhören, kein Ende. Ein qualvolles Ertrinken im See deiner vermeintli-

Griechischer Wein

chen Unschuld, deiner Verletzlichkeit. Das ist dein Plan. Wie eine fleischfressende Pflanze lockt dein Nektar, dieses irreale Lächeln, erbärmliche Wesen wie mich an, um im falschen Himmel tief genug zu sinken, ein Entrinnen gar unmöglich. Der Himmel tarnt sich als Hölle. Eine Farce! Der Tanz wird zum Kampf. Du benutzt mich. Eine Puppe soll ich sein. Und du meine Spielerin. Biegen, drehen, springen, wenden, brechen. Du hast meine Fäden in deiner Hand. Das wolltest du? Du Monster. Du Verräterin. Du schamlose Ausgeburt der Hölle. Du magisches, mystisches Wesen. Ich finde die Worte nicht. Ich bin ein Junkie. Du fließt durch meine Venen und bringst den Klumpen in meiner Brust zum Pumpen. Ich brauche mehr. Ich sterbe. Du, meine Droge, kommst nur in einer kleinen Dosis. Ich setze den Schuss und mein Herz wird belebt. Es lebt, zum ersten Mal. Doch so schnell entziehst du dich mir und mein Herzschlag verlangsamt sich, bis er zum Stillstand kommt. Ohne dich ist dieser Klumpen nutzlos. Ohne dich war dieser Klumpen immer nutzlos. Doch du hast die Unverschämtheit besessen mir das Leben zu zeigen. Jetzt weiß ich, was ich nicht mehr habe. Bevor ich das Leben spürte hat mir nichts gefehlt, nichts, das ich kannte. Das war dein Plan. Du Monster. Du Verräterin. Du schamlose Ausgeburt der Hölle. Du lächelst mich an. Auf die Art und Weise, die mich gefangen hält. Dein Lächeln ist mein Käfig. Findest du meine Tortur belustigend? Wolltest du Unterhaltung? Ich bin abhängig von dir, und dein falsches Mitleid geilt dich auf. Deine Aura ist magisch, sie zieht mich an sich wie das Feuer die Motten. Du kommst zu nah, du wirst mein Tod sein. Doch welch süßer Tod! Gäbe es denn einen schöneren als durch dein Gift? Du grinst. Ein furchtbar falsches Grinsen. Du spielst. Du musst kontrollieren. Bin ich eine Last für dich? Es tut mir leid, ehrlich. Deine Distanz muss die Strafe dafür sein. Was für eine Tortur... Du warst unter meiner Haut. Doch versuche sie zu tragen. Unter meiner Haut war kein

Nährboden für Leben, und so hast du sie verlassen. Doch das war nur ein Bruchteil des Gefühls, welches ich erlebe. Schneide sie auf und trage sie im Ganzen. Vielleicht verstehst du es dann. Vielleicht verstehst du es. Mich. Und wenn du das tust, bitte erkläre es mir. Ich wollte, dass du gehst. GEH, VERDAMMT! Aber ich flehe dich an, bleibe bei mir...

17. Leere.

Als ich zu mir komme, bin ich nicht bei mir. Mein Kopf hämmert im Vier-Viertel-Takt und der Druck in meinen Augen lässt mich glauben, sie wären bis in mein Gehirn hinein gesunken. Die Sonne ist gnadenlos und blendet mich. Ich kann mich nicht bewegen. Ich weiß nicht, wo ich bin. Ich weiß nicht, was real ist. Ich weiß nicht, wer ich bin. Realität, Gedanken, Träume – sie sind alle ineinander verschwommen und ich liege hier, verloren und leer. In weißen steifen Laken, mit Schläuchen an meinem Körper. Leere. Wie komme ich hierhin? Das alles hier ist surreal. Ohnmacht vereinnahmt mich. Wo ist mein Schutz hin? Wo ist er? Panik. "Guten Morgen, Anna" Redet die mit mir? "Du hattest am Dienstag einen heftigen Rückfall, doch wir haben die Wunden gut versorgt und es ist wieder alles gut." Ich verstehe das nicht. Welche Wunden? Was? "Du kannst langsam versuchen aufzustehen und frühstücken kommen. Später um 9 Uhr hast du Arztvisite, da wird deine Dosierung neu eingestellt. Mach dir keine Gedanken, Rückfälle sind normal. Mit den richtigen Tabletten wird das schon." Die Pflegerin verlässt den Raum und ich versuche den Sinn hinter ihren Worten zu verstehen. Ich fühle mich schrecklich leer und unfähig, mich zu bewegen. Mit aller Kraft versuche ich, die Kontrolle über meinen Körper zu erlangen, doch ist er mir fremd. Mein Bemühen gebe ich nach wenigen Sekunden bereits auf. Ich fühle mich schrecklich, doch ich soll aufstehen, so als wäre nichts? Aufstehen und leben, als wäre das so leicht. Als wäre meine Existenz nicht so untragbar wie die ewige Atemnot der Lungen. Nie genug Luft, doch nicht so wenig, um sterben zu können. Immer nur dazwischen. Unerträglich, doch wird es ertragen, denn ich bin immer noch hier, und ich frage mich warum. An manchen Tagen öfters, an manchen weniger. Doch birgt jeder Augenaufschlag nach süßem Traum erneut Verzweiflung, als die Realität versucht, mich einzuholen. Manchmal bin ich schneller, doch meistens versinke ich in ihrem tristen Grau, und werde gierig verschlungen wie von Treibsand. Es erscheint mir oft als wäre all dies ein Scherz. Das Leben. Irgendein kranker Puppenspieler blickt auf mich herab mit Fäden in der Hand und einem widerlich hämischen Grinsen auf den Lippen, während die Menschen um mich herum bloß leere Hüllen sind. Ein sadistisches Monster hat meine Existenz herbei geschrieben, und nun liege ich hier in Ketten. Es gibt keine Zuflucht. Außen sowie innen ist es vollkommen egal. Meine größte Angst ist die vor mir selbst. Vor meinem Kopf und dem Puppenspieler in ihm. Ich bin erschöpft. Meine Augenlider werden immer schwerer und zum Surren der Geräte sinke ich langsam wieder in den süßen Schlaf, mit der Hoffnung, dass mich darin etwas Leben erwartet.

18. Nun kannst du lernen zu verstehen

Der Traum

Meeresrauschen dringt an mein Ohr und die kühle salzige Nachtluft umhüllt mich. Die Sterne funkeln in einer zurückhaltenden Schönheit. Der helle Vollmond spiegelt sich im unendlichen Meer und nimmt die Hauptrolle dieses Bildes ein. Es ist wie gemalt, surreal, doch wunderschön. Die

Wellen schlagen an den dunklen spitzen Felsen auf und ziehen sich wieder zurück, um den Vorgang immerzu zu wiederholen. "Dieses Bild darf niemals selbstverständlich für dich werden, Anna. Du wirst nichts Schöneres finden." Ich blicke zur Seite und sehe meinen Mentor, der mit ernster Miene in die Ferne starrt. Er spürt meinen Blick und dreht mir sein Gesicht zu. Die Mundwinkel, die gerade noch erstarrt waren, ziehen sich nach oben und bilden Grübchen. Er lächelt mich an, doch seine Augen zeigen Trauer, so wie schon immer. Was würde ich geben, um ihn glücklich zu sehen? Alles, was ich kann, denn ich habe nichts. Ich widme ihm mein Leben, und das freudig, denn was ist meines schon im Vergleich zu diesem faszinierenden tiefgründigen Menschen? Alles bin ich bereit zu geben. "Anna, du bist ein Monster und eine Heilige. Du bist der Teufel und die höchste göttliche Macht. Du würfelst um das Leben, so würfle um meines. Meine Zeit ist um, und du bist soweit." "Was heißt das?", tönt die helle Stimme eines kleinen Mädchens aus dem Nichts und ich stehe nun fünf Meter abseits. Der zierliche Mann im undefinierbaren Alter steht an den Klippen, neben ihm das kleine Mädchen mit hellem Haar. Er nimmt ihre Hand und spricht zu ihr. "Das heißt, du hast alles gelernt, was es zu lernen gibt. Ich bin krank und muss gehen. Du brauchst mich nicht mehr. Vergiss bitte niemals, du würfelst, nur du alleine. Vertraue niemandem, denn die Menschheit ist verdorben, so wie wir zwei es sind. Schmerz passiert im Kopf, und du kannst ihn ausschalten. Ich habe dir Beschützer geschenkt, und somit wirst du überleben." Die zwei Gestalten schrecken plötzlich auf und blicken irritiert durch mich hindurch. Sein schockierter Blick erweicht sich zu einem sanften Lächeln und er spricht in gutmütiger Ruhe in meine Richtung. "Du bist endlich da. Nun kannst du lernen zu verstehen… Von hier an übernimmst du." In Sekundenschnelle schwingt das Wetter um und starker Wind drängt sich gegen meinen Körper. Der Himmel wird von ei-

Griechischer Wein

nem plötzlichen Blitz erleuchtet, welchem kurz darauf Donnergrollen folgt. Unmengen an Regentropfen peitschen aggressiv zu Boden. Er wendet sich dem Meer zu und nähert sich diesem gelassen und langsam, während sein Körper transparenter wird. Das kleine Mädchen hat Tränen in den Augen und flüstert zu sich selbst. "Nein..." Mit jedem Schritt wird sein Körper mehr zu einer Illusion. "Nein... Nein!" Der letzte Schritt, der ihn von dem Abgrund trennt, lässt ihn nahezu unsichtbar werden, während er zeitgleich in die Tiefe fällt. Das Mädchen läuft auf den Rand der Klippen zu, unbedacht der Gefahr auszurutschen, als jegliche Spur seiner Existenz bereits erloschen ist. "Nein! AMADEO!... NEIN!!!............. nein............." Sie ist nur mehr ein wimmerndes Häufchen Elend. "Nein...." Ich stehe wie angewurzelt an meinem Platz und kann mich keinen Zentimeter bewegen. Während der Regen meine Kleidung tränkt, bin ich gezwungen, mir dieses Schauspiel anzusehen und versuche, den Sinn dahinter zu erkennen. Sie richtet sich auf und blickt mich durch ihre nassen Haare mit stechend blauen Augen an. "Du bist schuld. Wegen dir ist er gegangen!" Ihre zuvor helle sanfte Stimme schneidet mir nun anklagend in mein Fleisch. Die Luft zieht aus meinen Lungen und hinterlässt nur mehr ein höllisches Brennen. Ich sinke zusammen, so als wäre mir all meine Muskelkraft abhanden gekommen. Hinter mir ertönt ein hämisches Lachen. Harsch erklingt jeder Ton und schmettert an meinen Knochen ab wie ein Fausthieb. "Mach dich nicht lächerlich." Ich drehe mich um und sehe eine Gestalt. Sie scheint stets ihre Form, Farbe, Alter, ihr Geschlecht zu wechseln. Im ständigen Wandel bleibt bloß ihr breites Grinsen gleich. Domenic's Grinsen. "Nur wegen dir! Verschwinde!" Das Gesicht dieses Kindes enthält nichts Kindliches. Es kniet noch immer gefährlich nahe am Abgrund. Dem Abgrund, der ihren Mentor, ihren einzigen Halt in dieser Welt, verschwinden ließ. Darunter die scharfen Klippen und die gewaltsamen Wellen, die ihn hungrig verschlangen, als hätte er sich im Vorhinein als Festmahl angekündigt. Der Sturm hält uns gefangen. Er hält die Verzweiflung und den Schmerz an unserer Seite. Jenseits dieses Sturmes ist es beängstigend, denn dort liegt das Unbekannte. Es ist sonnig, warm und Leben gedeiht in aller Pracht. Wir lernten es nie kennen. Wir hassen und fürchten es. Das Wesen spricht. "Du brauchst mich, Anna. Mehr denn je."

19. Keine Reaktion

Du brauchst mich, Anna. Du brauchst mich. Anna, du brauchst mich. **"ANNA."** Aufgerissene Augen. Schneller Atem. Licht. Zu viel Licht. "Du brauchst deine Medikamente. Danach kannst du ruhig weiter schlafen." weiter schlafen... weiter schlafen... ter schlafen... schlafen... afen... nnn... n... Ich schwebe. Die Luft um mich ist weich, doch lässt sie mir keine kontrollierte Bewegung. Ich schwebe hier im Nichts. Es fühlt sich unbeschreiblich gut an. Ich bin Zuhause. Kein Hier, kein Jetzt, keine Aussicht auf ein Später. Befreiung. In diesem Nichts will ich verweilen, bis das nächste Nichts kommt und mich sanft mit sich nimmt. Bis dahin spiele ich, so wie ein Kind nun einmal spielen sollte. Mein Spielpartner heißt Levitation. Während ich mich um meine Achse drehe, gibt es die Welt nicht, keine Zeit, keinen Schmerz. Ich blicke auf meine Hand und sehe nichts, denn sie ist nicht da. Meine Sterblichkeit ist nicht hier, in meinem Zuhause. Dröhnen dringt an mein Ohr und wird immer lauter und lauter. Mein unsichtbarer Körper gewinnt wieder an Existenz, als er in einen Sog gerät, der mich von innen zerreißt. Stimmen, die stimmlos flüstern, begleiten das Dröhnen und wirbeln wie tausende befreite Nachtfalter um meinen Kopf, während ich erblindet und handlungsunfähig mit meiner Atemnot kämpfe. Kein Atemzug erlöst mich von der brennenden Qual, die sich in meinem

Griechischer Wein

Brustkorb ausbreitet und darin fluchtlos verweilt, als wären meine Rippen ein erbarmungsloses Gefängnis, welches keinen Ton nach außen lässt. Das Dröhnen ist fast unerträglich und sprengt nahezu meinen Kopf entzwei, als der Schwarm an unverständlichen Flüsterstimmen ohrenbetäubend in meinen Gehörgang schreit, um danach mit dem Dröhnen abrupt zu verstummen. Meine Lungen sind befreit von ihrem Gefängnis und ich spüre, wie der Druck abnimmt sowie meine Sicht zu mir zurückkehrt. Vor mir blüht ein Garten in prächtigen herbstlichen Farben. Die Sonnenstrahlen wärmen mich, während ich auf einer quietschenden Schaukel sitze. Am Himmel kreisen wie verrückt hunderte von Vögeln. Krähen. Zu meiner Linken steht ein großes prunkvolles Haus. Ich steige von der Schaukel ab und gehe über den sorgfältig gepflegten Garten darauf zu. Das saftige Grün unter meinen Füßen geht in weißes Marmor über, als ich meinen Fuß auf die Terrasse setze. Die verglaste Terrassentür steht offen und ich betrete das Haus, fremdgesteuert. Jede meiner Bewegungen, jeder Schritt, ist automatisiert und erscheint mir gewohnt. Ich befinde mich scheinbar im Wohnzimmer des Hauses. Aus einem anderen Raum tönt Frédéric Chopin 's Nocturne Nr. 20. "Hallo?" rufe ich durch diese unbelebten Räume, doch antwortet mir bloß die absolute Stille. Bloßfüßig suche ich den Ursprung der Musik und gehe durch einen schmalen Gang mit kargen Wänden. Alles hier wirkt kühl auf mich, lieblos. Dieses Haus versucht zu sehr heil zu wirken, um es tatsächlich sein zu können. Es fröstelt mich. Am Ende des Ganges steht eine Tür einen Spalt weit offen und ich vernehme im Einklang mit der Musik eine summende weibliche Stimme. Zögernd betrete ich den Raum und finde mich in einer großen Küche wieder. Eine Frau steht mit dem Rücken zu mir und macht den Abwasch. Ihre langen welligen Haare sind haselnussbraun und fallen auf ein sommerliches blaues Kleid hinab. "Hallo?" Keine Reaktion. Verwundert warte ich einige Sekunden ab und gehe dann langsam auf sie zu. Ich bleibe hinter ihr stehen und tippe an ihre Schulter. "Hallo?" Keine Reaktion. Sie summt weiter vor sich hin, so als würde sie meine Existenz gar nicht wahrnehmen. Ich stelle mich neben sie und versuche ihr Gesicht zu sehen. Ihre grünen Augen blicken starr geradeaus in die Spüle, so als würde sie gar nicht sehen, was sich vor ihrem Blickfeld abspielt. Auf ihren Lippen liegt ein gekünsteltes Lächeln. Plötzlich dreht sie sich mir zu und stolpert über mich. Als sie sich wieder aufrafft, sieht sie kurz bedauernd zu Boden und runzelt dabei die Stirn. Sie geht um mich herum und holt sich ein Tuch, um das nun saubere Geschirr abzutrocknen. Ich stehe fassungslos neben ihr. "HAL-LOOO!" Keine Reaktion. Wut und Verzweiflung packen mich und halten mich fest im Griff. Ich will, dass diese Frau meine Existenz bestätigt! Ich BRAUCHE das! Besessen davon nehme ich einen trockenen Teller und schmettere ihn mit aller Kraft zu Boden, wo er in tausende von Scherben zerplatzt. Gelassen dreht sie sich um, sieht das Chaos und seufzt leise, als sie erneut die Stirn in Falten legt, doch sie würdigt mich keines Blickes. So als wäre der Teller von alleine mit voller Kraft zu Boden gefallen und als wäre dies das normalste auf der Welt. Sie holt eine kleine Schaufel, um die Scherben wegzuräumen. Fassungslos blicke ich ihr nach. Sie MUSS mich sehen! Die Verzweiflung ist kaum erträglich und händeringend suche ich nach einer Stütze. Irgendetwas um sie abzumildern, loszuwerden. Irgendetwas. Ich knie mich zu ihr herunter auf den verfliesten kalten Boden und nehme eine Scherbe in die Hand, die ich mit der schärfsten Spitze fest über meinen Unterarm ziehe. Die Wunde klafft leicht und Blut tritt aus. Wunderschönes Rot zeichnet mein Fleisch. Ich halte ihr erwartungsvoll und stumm meinen Arm vor die Augen. Wenige Zentimeter liegen zwischen uns. Ich spüre ihren Atem an meinem Unterarm, als ich ihn ihr präsentiere. Doch sie räumt weiterhin summend die Scherben weg. Nur die eine in meiner Hand lässt sie aus. Die Wunde liegt direkt in ihrem Blickfeld. Doch sie sieht sie einfach nicht.

20. Die Geburt Annas

Vergangenheit

Als ich Amadeo das erste Mal begegnete, müsste ich ungefähr bereits 12 Jahre auf dieser Welt verweilt haben. Doch erst mit diesem Moment wurde ich geboren. Zuvor war ich nichts weiter, als eine dumme, hässliche Hülle. Amadeo wirkte vom ersten Eindruck her irritierend auf mich, als ich durch den Wald hinter meinem Elternhaus schlich und ihn mit seinem Zelt zwischen dichtem Gestrüpp erblickte. Ich hatte Angst, und wer kann es mir verdenken. Es war eine natürliche, menschliche Reaktion auf dieses abstruse Bild eines blassen, mageren Mannes mit langen, dunklen Haaren die strähnig glatt über seine Schultern hingen. Die nächste menschliche Reaktion wäre gewesen, dass ich umkehre und heimwärts laufe, Hauptsache schnell weg vor dieser befremdlichen Gestalt. Doch ich konnte einfach nicht. Etwas zwang mich, stehen zu bleiben. Etwas flüsterte mir sogar zu, mich auf ihn zuzubewegen, ihn anzusprechen, seine Aufmerksamkeit zu erlangen. Ich konnte nicht einfach gehen. Seine grünen Augen trafen die meinen und fuhren mir wie ein Stromschlag durch die Venen, als er mir seinen Kopf ruckartig zuwandte. Ich war geboren. Wie ein hilfloser Säugling war ich nun abhängig von meinem Schöpfer. "Trau dich", seine raue Stimme lud mich in sein Lager ein, doch bestand er stets auf räumlichen Abstand zu mir. An manchen Tagen waren es fünf Meter zwischen uns, manchmal drei, und an den besten Tagen nur ein Meter. Doch berühren durfte ich ihn nie. Wenn ich zu nah kam, schien es mir, als würde er innerlich verbrennen. Er sprach stets zu mir, als wäre ich böswillig und berechnend, und gewissermaßen war ich es auch nach einiger Zeit. Ich hatte es doch so von ihm gelernt. Amadeo selbst hatte keinen guten Charakter. Er war sehr feindselig und verletzend. Er war so wie ich. Es muss Bestimmung gewesen sein, unser Aufeinandertreffen. In einer Welt, in der niemand meine Sprache sprach, zog es mich zu diesem Wesen, und plötzlich konnte jemand Sinn aus meinen Worten gewinnen. Es war ein wunderbares Gefühl, und doch grauenhaft. Zu jeder Zeit sehnte ich mich nach seiner Anwesenheit. Ich wollte ihm nahe sein, doch war ich nie nah genug. Was auch immer er verlangte, ich hätte es getan. Doch er verlangte nicht. Wir waren farbenblind in einer Welt, die nicht die unsere war, so kannten wir nur tiefe Schwärze und dunkle Grautöne, sowie die faszinierende Röte von frischem Blut. Der Anblick dessen versetzte ihn in eine Stimmungslage, die der Freude bei anderen Menschen gleichkam. Nein, Freude ist untertrieben. Es war Euphorie. Euphorie trieb ihn beim Anblick frischen Blutes, und wären die Quellen nicht so rar gewesen, wir hätten in diesem Lebenselixier gebadet und uns nächtelang daran gelabt. Es war unser Wein. Unsere Körper waren irreal. Alles war irreal, doch trotzdem war nichts realer als die Verbindung, die ich zu meinem Mentor hatte. Ich wünschte, ich könnte sagen, er hätte diese auch zu mir gehabt. Ich wünschte, ich könnte jedes Wort glauben, welches seine schmalen blassen Lippen verließ, die ich zum ersten Mal küssen durfte, bevor er sich von den Klippen stürzte, um von dem erbarmungslosen Meer verschlungen zu werden. Doch er war ein Lügner, wie jeder andere Mensch auf diesem verdammten Planeten. Er war wie alle anderen. Vielleicht war ich wie alle anderen. Vielleicht war er nicht real. Vielleicht war er bloß Einbildung, eine Fantasie. Ich war nicht stark genug, um ihn am Leben zu halten. Ich war nicht schlau genug, um ihn mir lebendig zu denken. Der einzige

Mensch, das einzige Wesen meiner Art, ist Fischfutter. Niemand spricht mehr meine Sprache. Doch Amadeo hat mich auf diese Welt vorbereitet. Sein erster Blick hauchte mir Leben ein, als sein Stromschlag durch meinen Körper floss und meine Venen erstmals zum Erwärmen brachte. Sein roter Nektar nährte mich und ummantelte meine Sterblichkeit mit einer zähen, ledrigen Haut, die sich über die meine legte. Seine Worte, konfus. Diese letzte, erste Berührung, ein Abschiedskuss. Letzten Endes sein Sein, von der Welt gelöscht, als wäre es nie gewesen, als könnte ich ohne es einfach weiterleben. All diese Dinge erschufen eine solide Mauer, die meine Gedanken umzingelte und in Gefangenschaft nahm. Eine Mauer, die versuchte diese Gedanken irgendwie zu ordnen, verschwinden oder entstehen zu lassen. Sie zu dirigieren. All diese Dinge erschufen meine einzige Rettung. All diese Dinge, sie erschufen Alex.

21. Domenic

Die Maschinen surren so laut, dass sie nahezu in meinen Kopf eindringen. Ich möchte meine Augen nicht öffnen, denn dann wird dies hier Realität. Das, was mir immer als Realität verkauft wird. Nun bin ich tatsächlich wieder hier gelandet. Als wäre ich gemeingefährlich. Als wäre ich irgendein Psychopath. Alles passiert verschwommen. Diese Realität ist irreal. Diese Realität ist verachtenswert. Hass pulsiert durch meine Adern. Worauf, das weiß ich nicht. Ein Psychodoktor betritt zwischenzeitlich den Raum und stellt mir blödsinnige Fragen. Meine Antworten scheint er nicht zu verstehen, da er immer nur mit gespielt besorgter Miene dreinschaut. Ich müsste es schon hinausschreien, damit irgendwer hier es endlich hört. Ich bin kein Fall für die Klapse. Ich bin normal, verdammt! Der Doktor faselt weiter. Ich schnappe ein paar Wortfetzen auf und nicke gelegentlich.

Er schaut auf sein Klemmbrett und verkündet, dass "wir" die Dosierung meiner Medikamente wieder verdoppeln werden. "Wir" hätten damals wohl etwas zu optimistisch reduziert. Er erzählt mir, wie mich das ein wenig dämpfen wird, aber das ist ja nicht schlimm, ich kenne das ja bereits. Für ihn ist es das jedenfalls nicht, da hat er recht. Ich muss halt als Zombiehülle leben. Aufwachen, funktionieren, schlafen gehen, wiederholen. Jeden Tag. Das ist doch kein erstrebenswertes Leben. Endlich verlässt er den Raum und das Surren der Geräte nimmt wieder meine Aufmerksamkeit ein. Ich fühle mich taub. Nichts hat einen Sinn, und nichts ist es wert, über einen Sinn nachzudenken. Ich weiß bloß, dass ich nicht hier sein möchte, doch fällt mir beim besten Willen nicht ein, wo ich gerne stattdessen wäre. Ich weiß immer nur zum Teil, was ich nicht will, nie, was ich will. So war es doch auch mit Anna. Ich muss ehrlich zu mir sein, auch wenn es schmerzt. Als sie hier war, war es emotionale Tortur. Seit sie weg ist, bin ich eine gefühlskalte Hülle, in der tief drinnen ein minimaler Funken schreit, kaum hörbar. Schreit und bettelt, nicht zu sterben. Genug fühlt, um dieses Leben als Hülle nicht ertragen zu können. Doch mein Funken ist so verdammt schwach seit die Seele weg ist, die ihn nährte. Die Zeit blieb stehen, als wir uns hatten. Gefühle waren so intensiv, dass sie eine Form annahmen. Das Glück war schmerzhaft, doch erst recht das Gefühl, welches folgte, als dieses Glück das Misstrauen weckte. Und das Misstrauen war berechtigt. Ich schwor mir dich zu beschützen, egal was da komme. Ich habe versagt. Du bist nur mehr ein erkalteter Docht einer Kerze die einst den Raum erhellte, Anna. Du würdest dich für mich schämen, wenn du mich jetzt so sehen könntest. Ich habe Schwäche gezeigt, das erste Mal seit dem Mal, das dein Verschwinden verursachte. Ich hätte dich retten müssen, nicht zusehen dürfen, wie Domenic dich in den Abgrund schmiss! Ich verlor dich bereits so oft, und jedes mal starb ein Teil

Griechischer Wein

von mir. Du nahmst diese Teile immer mit und ließt mich als Puzzle zurück, in dem die wichtigsten Teile fehlten. Ich erlebte durch dich tausend Tode. Du hast mich getötet, Anna. Doch dieses Mal bist du ganz weg. Du nahmst das Bild mit und hinterließt bloß den Rand. Mehr als das bin ich nun nicht mehr. Ich bin eine verabscheuungswürdige Hülle. Seit du weg bist, vergeht die Zeit rasend schnell und doch unerträglich langsam, während ich jeden Tag im Bett verbringe und auf nichts Bestimmtes warte. Bilder unserer letzten Nacht schießen mir in den Kopf und quälen mich. *Sie weint wieder einmal. Und ich bin so verdammt müde. Die Straßenlaternen scheinen durch unsere Fenster und werfen unsere Silhouetten an die Wand. Die Nacht ist kühl, die Zeit steht still. Heute Nacht bin ich nicht bei mir, heute Nacht ist sie mir schutzlos ausgeliefert. Kirchenglocken vor den Fenstern tönen laut und verkünden den hereingebrochenen winterlichen Morgen, welcher noch in Dunkelheit gehüllt ist. Unser Zimmer ist eiskalt. Bodendielen knarzen bei jeder Bewegung, die wir auf unserer abgenutzten Matratze machen. Seit Stunden spielen wir unser Spiel. Seit Stunden quäle ich sie, und ich weiß nicht wieso. Es erscheint mir als das Richtige. Es fühlt sich an wie ein Hauch von Leben. Innerlich verhöhnt sie mich garantiert, doch dies treibe ich ihr aus. Ich akzeptiere bloß Demut. Du, mein Spielzeug, sollst demütig sein.* Etwas klopft von außen gegen die Fensterscheibe der Klinik. Mein Blick fällt auf eine Krähe, die mit schwarzen Knopfaugen etwas zu fressen hinter der Scheibe sucht. Im Nachhinein betrachtet hätte ich Anna beschützen müssen, wie es meine Aufgabe war. Beschützen müssen, denn dazu wurde ich erschaffen. Dazu hast du mich erschaffen. Doch ich hatte einfach keine Wahl, als dir ein weiterer Fausthieb versetzt wurde. Es war wie ein Druck. Ein Flüstern an mein Ohr, welches immer lauter und aggressiver wurde. Schlag zu. Setz die Klinge an. Spüre was. Verdammt, spüre etwas und lebe. Im Hinterkopf sitze ich, im Hinterkopf sitzt Alex, und weiß, dass es falsch ist. Doch sein Betteln kommt nicht gegen das Gift an, welches den Druck und das Flüstern erzeugt. Er ist so stark, mein Bruder. So stark, beängstigend und grausam. Machtlos sitze ich da und kriege nur einen Bruchteil mit, während er die Fäden zieht. Zusammengekauert sitzt du, Anna, in der Ecke und fängst alles ab. Und er... Er ist der Täter in diesem Spiel.

22. Wie ich uns das Leben nahm

Vergangenheit

Ich erwachte. Ich? Nein. Ein Ich. Leider Gottes, ein Ich, zugehörig zu mir. Ein Ich erwachte nun und fiel in Trance. Traum, Trance, worin liegt der Unterschied? Ich weiß es nicht. Ich konnte es bloß fühlen. Vom Traum in den wachen Traum gerissen. Willkommen, Ich, willkommen im Wunderland ohne Konsequenzen. Denn die Konsequenzen musstest niemals du tragen. Neben dir, Ich, siehst du´s nicht? Da liegt dein Spielzeug. Geh spielen, hab Spaß, Ich. Und da lag sie nun und weinte. Warum? Wegen dir, mein Ich. Nein. Ein Ich. Du bist nicht mein, und doch bist du´s. Was für eine verzwickte Lage. Geh spielen, Ich. Sie liegt und weint. Tu doch was! Sprich zu ihr, rüttle sie, zerr an ihr! Keine Antwort. Warum auch. Du machst es nur schlimmer, Ich. Zeig uns doch wie schlimm du es wirklich machen kannst. Geh spielen, Ich. Ich rüttelte, Ich sprach genervt, Ich schrie. Sie weint schon wieder. Wie lächerlich. Sie blutet, hat sich aufgeschnitten. Wie lächerlich. Ich springe auf, zerre sie hoch, mache ihr Vorwürfe. Welch Spaß. Welch Freude. Spielen. So lasset diese lächerliche Demonstration der Macht beginnen! Die Gestalt saß verängstigt am Bett und weinte. Da war es erneut! Diese magnetische Anziehung, dieser ZWANG.

Griechischer Wein

Und in meinem Kopf hallte es... *Schlag zu, greif fester. Sie will es.* Eine andere Stimme kam dazu... *Sie will es nicht. So hör doch auf, du erreichst nichts, du zerstörst bloß.* Nun sprach erneut die erste Stimme. Die Stimme des Ich. *Und wenn sie es nicht will, warum wehrt sie sich nicht? So oder so, es ist egal. Wir müssen ihr klar machen, wie die Dinge hier zu laufen haben. Sie wird mich nicht verlassen, sie ist abhängig von mir.* Mein Griff wurde fester und die Faust ballte sich. Geschrei. Geschrei. *Schlag zu!* Und so schlug ich zu. Welch ein Spaß. Nur gestriffen, gleich noch einmal. Das kannst du doch besser. *Greif fester!* Und so griff ich fester. Doch was war da? Widerstand? Hat sie nicht genug Angst? Oder fehlt es gar an Respekt? *Die Klinge, unter dem Polster!* Gute Idee. Gutes Ich. So greife ich mit der freien Hand nach der Klinge. Erstarre in Angst. Beuge dich meinem Willen. Sei ein gutes Spielzeug und versteh, die Kontrolle liegt bei mir. Nun liegt die Klinge scharf an ihrer Halsschlagader an. Dieses Entsetzen in den Augen. Welch Freude. Wirst du nun brav sein? Siehe da. Sie, nein, Es, ist brav und gefügig. *Greif fester!* Und so wurde mein Griff fester. Ich spreche zu ihr. Ruhig. Bestimmt. Sie soll doch mein liebes Spielzeug sein. Sie soll mir doch nicht solch Leid zufügen. Wie könne sie mir solch Leid zufügen wollen? Sie kann mich doch nicht wahrlich lieben! Tag für Tag zwingt sie mich zu solchen Maßnahmen! Die Stimme hatte recht! Röcheln. *Dies kann doch keine Liebe sein! Sie will mich aussaugen. Ausnutzen. Verarschen. Ja, gewiss, das ist ihr Vorhaben. Dies und nichts anderes. Von Beginn an war es das. Dafür muss sie büßen. Ich wollte stets nur das Beste für sie, und das Beste für sie bin ich. Anders kann sie doch nicht glücklich werden! Wer nimmt sich einer solch geschundenen Seele sonst an, wer außer mir? Wer soll sie sonst beschützen? Ich bin doch das Skelett, das sie noch aufrecht hält!* Kein Widerstand. Ich... Wo bin ich? Was passiert gerade? Kein Widerstand. Kein Widerstand?! Scheiße! Wo bist du! Komm zurück! Und die Gestalt lässt sich reglos fallen. Erneut rüttele ich. Ich? Ein neues Ich. Das alte Ich trat die Flucht an, als der Spaß zu Ende ging. Wach auf! Gerade noch erfüllt mit Atem, gerade noch ein Herzschlag. Man muss es doch zurück holen können! Du letzter Funke, der zwischen Tod und Leben entscheidet, entzünde erneut! WACH AUF VERDAMMT! Schlage, Herz, schlage wie die vielen Nächte zuvor! Atme, Liebes! Du Geschöpf der Unschuld, ATME! Sprich! Sprich zu mir diese Worte der Liebe, die du so oft gebraucht hast! Reglos. Reglos? Wach auf! Ich kniee, ich bettle, ich flehe! Du machst doch nur Spaß! Du willst mir nur eine Lektion erteilen! Ich habe sie verstanden! Ich würde dir doch niemals wehtun, dazu wäre ich doch nicht in der Lage. Ich bettle, ich flehe, ich weine... Sprich. Sprich doch... Hinzu kam eine neue Stimme... *Sie ist fort. Was tun wir nun? Wir sind allein, so alleine... haben Angst, solche Angst... armes Ich, ich will getröstet werden, gehalten werden. Fühl mich so alleine...* VERDAMMT! Schweig in deinen Worten der Selbstsucht! Verzieh dich, komm nicht wieder zurück! Verschwinde, sag ich, verschwinde endlich! Ich flehe leise weiter, liege auf ihr... Da kommt sie nun, die Schwärze. Kraftlos... Bitte, sprich, und halte mich...

23. Der Tanz mit dem Teufel

Er kommt auf mich zu, ein mir bekannter Fremder. Ich erkenne im großen Spiegel vor mir seine Maske. Paralysiert stehe ich vor meiner Reflexion und bin gezwungen zuzusehen, wie dieses Monster selbstsicher auf mich zu wankt, sein Gesicht eine widerliche Fratze. Er bleibt wenige Millimeter hinter mir stehen und haucht mir belustigt ins Ohr.

"Du hast mich heut' noch nicht geküsst."

Griechischer Wein

Sein fauliger Atem zwingt sich mir auf und nährt den Ekel in mir. Meine Augen sind starr auf sein Bild gerichtet und erlauben meinem Geist kein Entkommen. Ein Ohnmachtsgefühl nimmt mich ein beim Anblick dieser Kreatur und seiner geschundenen klauenähnlichen Hände, die meinen Oberkörper umgreifen und mich somit in Gefangenschaft nehmen. Er ist wieder da, mein Dämon. Das ist er doch, oder? "Dämon, wie heißt du?" stammle ich. "Ich weiß es nicht." flüstert er mir ins Ohr. Seine Klaue gräbt sich in mein Fleisch und zieht sich quer über meine Bauchdecke. Eine lange Schnittwunde bleibt zurück. Fasziniert beobachte ich das Blut, wie es langsam meinen Körper hinabrinnt. Es ist, als hätte ich nie mehr gewollt, als das hier und ich finde mich in einem Zustand der Trance wieder. Er dreht mich behutsam zu sich und entreißt mir den Anblick dieser göttlichen Röte. Ich bin verliebt, und wir tanzen. Wie konnte ich jemals Ekel verspüren für dieses wunderschöne Geschöpf? Kein Dämon, nein. Engelsgleich. Du, mein Morphium. Keine Worte haben die Macht, um ausdrücken zu können, was ich für ihn empfinde. Alleine der Gedanke, einen Versuch an jämmerliche Worte zu verschwenden, ist beschämend. Taten könnten niemals widerspiegeln, was ich vermitteln will. Ich bin bereit mich zu opfern, zu seinen Ehren, denn alles soll er haben. Er schnitt in meine weltliche Hülle und fühlte unter meine Haut. Ein Wesen so mächtig, welches sich gnädig zeigt, einem mickrigen Parasiten wie mir beizustehen und dessen Blut zu bereinigen. Ich bin gesegnet. "Wie heißt du, Erlöser?" forder ich. "Ich weiß es nicht." spricht er sanft. Unser Tanz endet, indem er mich sanft zum Spiegel dreht. Ich erschrecke. Meine Reflexion im Spiegel zeigt nicht mehr mein Ebenbild. Vor mir steht ein Kind. Ich hebe meine Hand, streichle mein Gesicht, und es tut mir alles gleich. Vor mir steht das Kind, das ich einmal war. In mir wachsen Gefühle gegenüber diesem Wesen im Spiegel. Es wirkt fragil, beschämt und gottverlassen auf dieser Welt. Ich muss es schützen und nähren. Ich muss es hüten und pflegen und lehren. Das wunderschöne Geschöpf hinter mir legt seine Arme um mich, und die Krallen wachsen erneut messerscharf hinaus. Die Wunde auf meiner Bauchdecke ist weg und es gibt kein Zeichen dafür, dass sie jemals existierte. Meine Haut ist plötzlich rein. Er zückt eine Klaue und zieht sie quer über meine Brust. Ich spüre warmes Blut an mir herunterlaufen, doch blicke ich an mir hinab und sehe rein gar nichts. Ich bin unversehrt. Mein Blick richtet sich nach oben und ich blicke in den Spiegel. Das Kind steht reglos da, während Blut seine weiße Kleidung rot färbt und seinen kindlichen Körper hinabrinnt. Ich stoße Schreie der Verzweiflung aus, als ich beim Anblick dieses unschuldigen Geschöpfes die Fassung verliere. Ich hämmere mit meinen Fäusten auf den Spiegel ein. Er zieht Risse, die mit jedem Schlag kleine Glassplitter befreien, die sich in meine Haut bohren. Meine Hände sind zerschnitten, zerfetzt und blutig, doch ich schlage weiter auf die blutverschmierte Fläche ein, hinter der sich bloß simples Holz verbirgt. Das Kind bleibt weiterhin reglos und schaut mir mit traurigen Augen zu. Ich möchte alles versuchen, um in diesen Spiegel hineinzusteigen und das arme Kind zu retten, doch der maskierte Fremde packt mich und wirbelt mich lachend im Kreis. Ich protestiere, und schreie hysterisch, doch er lacht nur, lacht mich aus. Ich versuche mich loszureißen und das Kind zu sehen, doch es ist weg. Der Spiegel ist weg. Wir befinden uns irgendwo zwischen Raum und Zeit und ich gebe mich dem Tanz hin, in den Armen dieses wunderschönen Wesens. Als wir uns unaufhörlich drehen, sehe ich Welten vorbeiziehen, an denen ich nicht teilhaben kann. All diese Zeit habe ich mit dem Teufel getanzt, doch er kannte seinen eigenen Namen nicht.

24. Der surreale Herbst

Eine Träne rinnt aus meinem Augenwinkel und verschwindet in meinem Haar, während ich reglos an die Decke starre und mir diese Welt wegdenke. Ich ertrage es nicht mehr. Die Wände erdrücken mich, die Luft bleibt mir weg, ich halte es nicht aus. Dieses Zimmer ist mein Tod. Ich kenne es! Irgendwoher kenne ich es... Ruckartig hieve ich mich aus dem Bett und wanke auf das Fenster zu. Die Krähe, die dort gerade noch saß, fliegt weg und landet auf einem Ast, von dem aus sie mich nun wenige Meter entfernt beobachtet. Draußen ist Herbst. Eine Holzbrücke führt über einen kleinen Fluß, der in einem Teich mündet, umrandet von wildem Gestrüpp. Überall liegen verfärbte Blätter. Ich liebe den Herbst. Ich erinnere mich fern an einen Spaziergang durch herbstliche Farben, an die wohltuende Luft, die Ruhe, und an Anna. Vor allem an Anna. Das Glück riss mich fast in zwei Hälften, wovon jede in eine andere Richtung rennen wollte. Und doch war ich friedlich, irgendwie. Wie selbstverständlich versuche ich das Fenster zu öffnen, doch es ist versperrt. Ich erstarre für einige Sekunden, lasse dies auf mich wirken. Draußen sitzt die Krähe und verhöhnt mich, oder hat sie Mitleid? Es wird erst Hohn gewesen sein, als ich daran scheiterte, die Fensterschnalle zu betätigen und dann Mitleid, als mich fassungslos meine Kräfte verließen und meine Stirn gegen das kalte Glas meines Käfigs sinken ließen. Diese Schönheit da draußen, sie darf nicht mein sein. Sie ist ein wunderschönes Bild, ein Künstler malte es, doch kann ich nicht in dieses heile Bild hineinsteigen. Ich werde es nie können. Dies macht mich unendlich traurig und meine Muskeln geben mir das Gefühl, sich dem Sterben hinzugeben. Die Krähe springt von ihrem Ast und im Sturzflug auf den Boden zu. Nun ist sogar sie weg, das einzige Lebewesen, welches mir versichern konnte, dass dieses wunderschöne

Bild tatsächlich real ist. Doch erscheint es eher, ich wäre in einem Bild gefangen und das da draußen wäre als einziges echt. Es erscheint mir eher, ich war nie echt. War... Es erscheint mir, ich **war** nie. Werde nie **sein**. Es erscheint mir, ich **bin** nicht... Doch wie kommt dies zustande, dieses Denken, welches meine Existenz untermauert? Dieses kleine bisschen mechanisches Sein, gepaart mit schmerzlicher Zerrissenheit. Warum muss das sein, das hätte man sich doch sparen können! Vermutlich bin ich ein Scherz, eine Belustigung für eine höhere Macht. Die höhere Macht, ein sadistisches Menschenkind und ich bloß eine Ameise. Oder eine Fliege, die dem Fliegenfriedhof der Therapiegänge entkam, nur um sich nun zurückzusehnen, zu den leblosen Hüllen von ihresgleichen. Vielleicht ist die ganze Welt real und ich bloß eine verlorene Seele oder irgendetwas total Logisches, Wissenschaftliches, welches als Begleiterscheinung zu den realen Lebewesen auf der Welt existiert. Oder vielleicht ist die Welt nicht real, sondern einzig und alleine ich. Vielleicht bin ich nicht wach, und in Wahrheit bin ich jemand ganz anderes, ich kann mich bloß nicht erinnern während ich träume. Was gäbe ich dafür aufzuwachen. Was könnte ich dafür geben, wenn nichts Materielles existiert und somit keinen Wert hat...

Ich erschrecke, als die Krähe plötzlich aufs Fensterbrett springt, genau vor mein Gesicht. Im Schnabel hält sie ein verfärbtes Blatt. Es ist nass und sie drückt es an die Scheibe, peckt ein paar mal dagegen und schaut mir mit ihren tiefschwarzen Augen direkt entgegen, bevor sie sich erneut vom Fensterbrett stürzt und mich erstaunt zurücklässt.

25. Ich werde du sein

Vergangenheit

Es verfolgt mich. Etwas verfolgt mich. Panisch laufe ich durch das Gestrüpp. Äste peitschen mein Gesicht und hinterlassen feine Schnitte. Adrenalin pumpt durch meinen Körper und mein Puls hämmert laut bis in meinen Kopf hinein. Er hämmert im schnellen Rhythmus, und an meine Ohren dringt unaufhörliches Flüstern. Es steigert sich, verhöhnt und lacht mich aus. "Mit jedem deiner Atemzüge spüre ich dich. Du kannst laufen so schnell du willst, wir gehören zusammen." Belustigt spricht etwas zu mir, etwas Formloses. Ich muss weiter laufen, immer weiter laufen. In der Ferne erkenne ich Amadeos Waldhütte. Gemeinsam hatten wir sie gebaut und das Holz mit unserem Schweiß getränkt. Er wird meine Rettung sein, die Hütte mein sicherer Hafen. "Mit jedem deiner Schritte werde ich noch mehr du sein. Es gibt kein Entkommen!" Ich verliere die Hütte aus dem Blick, als ich über eine Baumwurzel stolpere, die meinen Weg kreuzt. Als ich vornüber kippe, stoße ich einen verzweifelten Schrei aus. Mein Kopf schlägt am Boden auf und mir wird schwarz vor Augen. Als ich erwache, erblicken meine Augen verschwommen eine Gestalt, die sich über mich beugt. Sie ändert unaufhörlich Form, Farbe und Geschlecht. Ich versuche mich zu bewegen, doch bin ich paralysiert. Ein verzweifelter Schrei bleibt mir in meiner trockenen, schmerzenden Kehle stecken. Meine Augen bleiben vor Panik geweitet. "Wo ist deine Vernunft, mein Kind? Wir begegneten uns bereits so oft in deinen Träumen, und nun wird es endlich real. Du erwartetest mich bereits in süßer Verzückung, du schönes Kind. Heute ist ein wundervoller Tag! Deine Unschuld endet hier, und unser Leben soll beginnen." Panisch vibriert mein geschundener Körper, ohne Macht, diesem Wesen ausgeliefert, unwissend was geschieht. Ich will um mich schlagen, schreien, doch ich habe keine Kontrolle und verweile auf diesem feuchten, kalten Waldboden. Wo ist meine Rettung? Hinter dieser Kreatur erblicke ich Amadeo und meine Augen leuchten auf. Alles ist gut! Alles muss gut werden... Sein ernster Blick ruht auf meinem fragilen Dasein, als das Wesen zwischen meine Rippen greift und meinen Brustkorb auseinanderbricht. "Warum..." Mit Tränen in den Augen flehe ich meinen Mentor an, mir zu helfen. Das Wesen legt mein Herz frei und reißt diesen blutig pumpenden Klumpen gierig aus meiner Brust. "Es ist der einzige Weg dir zu helfen..." Seine Worte dringen in sanfter Trauer an mein Ohr. Meine Rettung, mein Mentor, er dreht mir den Rücken zu und geht langsamen Schrittes auf sein Haus zu, um mich mir selbst und diesem Monster zu überlassen. "Dieses hier ist unsereins angemessen." Die Kreatur greift in seine Brust und zieht einen grauen Fleischklumpen heraus. "Du wirst ich sein."

26. Die Trophäe

Vergangenheit/Zuhause

Ich wurde geboren in einem Haus voller maskierter Fremder. In diesem Haus wuchs ich auf, ohne es je als vertraut wahrzunehmen. Oder als sicher. In diesem Haus sitze ich bis zum heutigen Tag und halte es aus zu existieren. Mir wurden Menschen mit leerem Blick und tauben Ohren als Familie vorgestellt. Doch ich gehöre nicht hierher. Oft halte ich mir mit aller Kraft die Ohren zu und höre ein Pochen. Ich stelle mir vor, es wären die Schritte zweier Männer in dunklen Anzügen, die mich holen kommen. Ich frage mich, wann sie endlich ankommen. Es ist mir egal, warum sie mich holen, Hauptsache ist, sie tun es. Das Warten ist Folter. Dies ist meine Folterkammer und seit mehr als 14 Jahren betrachte ich die kalten weißen Wände. Ich erschrecke, als ich die Bodendielen vor meinem Zimmer knarzen höre. Meine Hand umklammert das Küchenmesser, welches ich unter meinem Polster aufbewahre, fester, sodass die Haut an meinen Fingerknochen weiß erscheint. In meinen Ohren rauscht das Blut unerträglich laut. Die Tür geht auf und ein Mann kommt herein. Ich kenne seine Maske zu gut. Ich kenne den Geruch seines Schweißes sowie des Alkohols. Und ich kenne dieses Spiel. "Na Kleines, hast du mich vermisst?" Er kommt auf mich zu gewankt. Seine Fratze zieht ein breites Grinsen. "Ich hab was für dich. Ein Geschenk. Du magst doch Geschenke, oder? Dieses wirst du sehr mögen." Er setzt sich neben mich auf mein Bett und Ekel überkommt mich mit jedem Zentimeter, den er sich mir nähert. Meine Hand fühlt sich taub an, doch umgreift sie das Messer weiterhin so fest wie möglich. Aus seiner Hosentasche zieht er ein kleines Päckchen mit farbigen Tabletten darin. "Na, freust du dich? Du wirkst in letzter Zeit so niedergeschlagen. Ich will doch, dass du glücklich bist. Ich liebe dich doch, du schönes Kind." Ich blicke starr nach vorne, ins Nichts. Der Mann beginnt zu summen, während er ein paar Tabletten aussortiert.

"Du hast mich heut' noch nicht geküsst..."

Er nimmt eine Tablette zwischen zwei Fingern und führt sie zu meinem Mund.

"Weißt du nicht mehr wie schön das ist..."

Ich presse die Lippen fest zusammen. Er kichert und führt seine andere Hand zu meinem Gesicht und dreht meinen Kopf gewaltsam zu sich.

"Hast du es auch wie ich vermisst..."

Seine haarige Pranke legt sich um meinen Mund und drückt mein Kiefer auf. Ich gebe unter Schmerzen nach und er führt die Tablette zwischen seinen Fingern zu meiner Zunge. Sein Schrei tönt durch den Raum, als ich mit aller Kraft auf seine Finger beiße. Er zerrt an meinen Haaren, doch meine Zähne graben sich weiter in sein Fleisch und ich schmecke Blut. Herrliches Blut. Meine Kräfte lassen nach und er schleudert mich vom Bett. Das Messer in meiner Hand hat er nicht bemerkt. "Wie kannst du blödes, nutzloses Miststück es wagen!" Er stürzt sich auf mich und schlägt auf mich ein, doch ich spüre schon lange nichts mehr. Als er versucht, seinen Gürtel zu öffnen, schaffe ich es, das Messer in seine Seite zu rammen. Seine Kraft lässt nach und er landet keuchend auf mir. Sein Gestank nimmt meine Geruchssinne ein und jede Faser meines Körpers verspürt Abscheu. Ich hieve ihn zur Seite und er rollt auf seinen Rücken, wo er mich mit Schock geweiteten Augen anstarrt. Aus seinem Mund kommt bloß ein lächerliches Gestammel und Spucke rinnt aus seinem Mundwinkel. "A... anna.... war nicht... bitte... war nicht so gemeint..." Ich knie neben ihm und blicke auf dieses bedauernswerte Bild hinab. Ich fühle mich großartig. Ich fühle mich mächtig. In meinem Kopf hallt eine Stimme. "Heute ist ein wundervoller Tag! Deine Unschuld endet hier." Der widerwärtige Körper neben mir krächzt weiter aufgeregt. "Spaß... nur Spaß, Anna..." Ich merke, dass ich die Kontrolle verloren habe. Ich dirigiere nicht mehr. Es wurde mir abgenommen, von einem Teil von mir, welcher das Folgende verkraftet. Einem Teil von mir, der aus dem Spiel Lust und Glück gewinnt. Ein breites Grinsen zieht sich über mein Gesicht, als ich ihm mit eiskalten Augen begegne. Ja. Spaß. Jetzt habe ich meinen Spaß. Sing für mich, mein abgenutztes Spielzeug. Mit diesem Gedanken drücke ich das Messer langsam in seinen Brustkorb. Seine Schreie hallen durch meine Folterkammer, während er sich windet und versucht aufzukommen, doch der erste Stich hat ihm diese Möglichkeit genommen. Die Wunde klafft, doch trifft sie noch keine Organe. Ich entferne das Messer von der Stelle. Diesen Moment möchte ich auskosten. Ich will spielen, so wie ein

Kind nun einmal spielen sollte. Oder? Ich füge meinem Spielzeug mehrere Stichwunden an den Gliedmaßen zu. Er stöhnt jedes mal auf und erscheint bereits weggetreten. Das ärgert mich. Etwas sagt mir, ich koste den Moment nicht genügend aus. Mein Blick fällt auf seinen halbgeöffneten Gürtel und ich beginne zu kichern. Er hat meinen Blick bemerkt und versucht sich zu winden. "Nein! Bitte! Ich tu alles, alles!" Ich öffne den Gürtel und die Hose und werde von einem vertrauten Gestank begrüßt. Wer hätte gedacht, dass dieser mir einst so viel Freude bereiten würde. Er windet sich immer stärker. "Bitte, nein! Es tut mir leid!" Sein Gezappel macht mich zornig, denn mein Vorhaben verlangt chirurgische Präzision. Das Küchenmesser liegt nun an seinem Geschlecht an und schneidet Hautschicht für Hautschicht durch. Seine kraftlosen Schreie klingen schwach durch den Raum, während ich ruhig vor mich hin summe.

"Weißt du nicht mehr wie schön das ist..."

Bilder füllen meinen Kopf. Ideen des kreativen Ausdrucks, um die Fremden, die ewigen Zuschauer in meinem Leben, teilhaben zu lassen. Ich bemerke meine fortgeschrittene Erschöpfung und mache mich daran, meine eigentliche Trophäe zu bergen.

"Du hast mich heut' noch nicht geküsst..."

Ich ramme das Küchenmesser in den Brustkorb des Mannes und ziehe die Schneide nach unten, greife zwischen seine Rippen und breche sie auseinander. Aus seiner Kehle kommt nur ein Gurgeln und der kalte Boden kleidet sich in dunklem Blut. Meine Hand sinkt in seine Brust und fasst nach einem Klumpen. Ich zerre diesen lustvoll hinaus und betrachte ihn. In meiner Hand, sein Herz.

27. Freier Fall

Der Regen läuft mir über das Gesicht und sammelt sich an meinem Kinn, wo er unter seinem Eigengewicht nachgibt und auf das Eisen hinabtropft, welches ich umgreife. Wenn ich so gefühlskalt bin, wenn ich mir so sicher bin, wieso fällt es mir so schwer, meinen Gedanken nachzugeben? Ich Schwächling. Die Regentropfen peitschen mein Gesicht und der Wind bläst aggressiv Kälte dagegen. Ich spüre es nicht mehr. Ich spürte es ohnehin nie richtig, es war nie das Meine. Meine Hände halten sich verkrampft am rutschigen Eisengeländer fest. Darunter freie Sicht. Darunter die Lichter dieser Stadt und rundherum, angedeutet im Nebel, die Berge. Und unter mir? 100 Meter unter mir Beton. Diese Stadt, sie schläft so friedlich. Der freie Fall wird mich in die Freiheit führen. Für andere ein harter Aufprall, doch für mich ein wolkig-weiches Bett, welches mir die süßesten Träume jemals verspricht. Der Tod wird mein mütterlicher Rockzipfel sein, welcher mich in seinen Armen wiegt und die schönsten Schlaflieder singt, die je geschrieben wurden. Wut packt mich, gepaart mit Verzweiflung. Wut gegen mein erbärmliches Sein! Ich schäme mich für mein Zögern. Schäme mich für meine Angst! Vor mir liegt das Ungewisse, selbst wenn ich mir darin alle Schönheit fremder Welten ausmale. Es ist ungewiss, das mag sein, und für andere Menschen darf das auch beängstigend sein. Doch andere Menschen haben etwas zu verlieren. Ich habe bereits verloren. Vor mir liegt das Ungewisse. Doch hinter mir liegt eine Gewissheit, die immerzu mein ergrautes Herz erdolcht. Sobald meine sterbliche Hülle am Asphalt aufkommt, soll mein Geist aus dieser schwinden, so wie dein Geist es damals tat. Doch damals hörte ich noch dein Nachhallen, und es war wie wunderschöner Gesang. Als hätten Sirenen leise gelockt, doch als ich dachte, mein Schiff wäre am richtigen Kurs, verstummten sie und ich fiel in das eiskalte Meer. Wellen ragten hoch über mir und rissen mich in ein Verderben, aus welchem keine Flucht möglich ist. Sie stießen mich gegen spitze Felsen, so oft, dass ich die frischen Wunden nicht mehr spürte, so wie das salzige Wasser in eben diesen. Manchmal ließen sie mich Luft holen, genug um zu überleben, doch dann nahmen sie mich erneut in Gefangenschaft. So trieb ich in diesem Meer der Realität umher. Nein, das ist kein Leben. Dies ist Tortur, und es muss ein Ende finden. Ich steige auf das Geländer und wage einen Blick nach unten, den ich gleich bereue, als mich der Schwindel überkommt. Der Wind pfeift und bläst mir seine Eiseskälte ins Gesicht. Du darfst nicht denken, Alex. Du musst einfach tun. Nimm deine letzten drei Atemzüge, Alex, und sei frei. Hörst du nicht bereits die Schlaflieder? Spürst du nicht bereits die Wohligkeit, die dich erwartet? Sei einmal mutig, sei stark. Kein Zurück. Einatmen. Ausatmen. Einatmen. Ausatmen. Einatmen. Ausatmen. Ich schwinge meinen Körper nach vorne. Die Kraft verlässt mich auf halbem Weg, doch sie reicht aus, um mir den Halt des Geländers zu nehmen. Reflexartig versuche ich noch die nasse Feuerleiter zu umklammern, doch rutscht meine Hand an ihr ab. Freier Fall. Als der Aufprall sich nähert, akzeptiere ich das Unvermeidbare. Ich höre deinen Gesang erneut und weiß, dieses Mal bin ich am richtigen Kurs.

28. Lämmchen

Vergangenheit/Zuhause

Um mich herum bloß Geschrei. Wie könne ich so etwas nur tun? Hysterie. Dieses erzwungen heilvolle Haus wirkt nicht mehr so idyllisch. Die Maskenträger tragen Risse im Gesicht und erkennen sich selbst nicht mehr. Erahnte Schritte, die sich auf mich zu bewegen, letztendlich die Männer, die ich so lange erwartete. Nehmt mich mit, egal wohin. Keine Anzüge, doch es sei verziehen. Ich weiß, dass ihr es seid, meine lang erwarteten Freunde. Sie zerren mich aus diesem Haus voller Masken, welches von außen betrachtet so friedlich wirkt, und führen mich zu einem dunklen Minibus. Ihr grober Griff umfasst schmerzhaft meine dürren Arme. Unter den Masken wird über mich gerichtet, denn ich habe Leid gebracht, und sie gezwungen, es zu sehen, als ich das leblose Geschlecht aus meiner ehemaligen Folterkammer mitnahm und auf den Küchenboden schleuderte, als Demonstration, was ich von ihrem Blut halte. Unserem. Nun sind die Männer da. Männer des Staates. Käuflich, sadistisch. Mir wird die Freiheit geraubt, die ich nie hatte. Ihr Idioten denkt, dies wäre Strafe, denkt, ich hätte hiermit etwas verloren. Ich habe nur dazugewinnen können. Sie schubsen mich ins Auto, behandeln mich wie Nutzvieh auf dem Weg ins Schlachthaus. Die Autotür knallt zu und ich sitze alleine am Rücksitz. Mein Blick starrt durch die Gitterstäbe hinter dem Fahrersitz. Alles ist so surreal. Ich spüre nichts, und ich entscheide schon längst nicht mehr. Mein Körper führt blind aus, was ein Teil von mir ihm befiehlt. Dieser Teil besitzt ungeheure Kräfte. Und mit jedem Pumpen meines ergrauten Herzens werden es mehr. Ich muss an Amadeo denken. An seinen Verrat. Ich verstehe nun, was er meinte. Ich bin nun stark genug. Ich blicke aus dem Fenster. Die Schaukel im Garten quietscht und saftige Blätter tanzen mit dem Wind, schwingen sich im verhöhnendem Stil in Richtung meines Waldweges. Sommerregen ergießt sich über dieses Bild. Bald wird mein Weg verwachsen sein und nichts mehr an mich erinnern. Die Männer steigen ein. Der Motor wird gestartet. Das Auto setzt sich in Bewegung, und ich blicke diesem vertrautem Anblick eines idyllischen Hauses, in dem ich geboren wurde, ein letztes Mal nach. Davor stehen mehrere Autos mit Blaulicht und Menschen, die schockierten Blickes gaffen und tuscheln. Dümmliche kleine Lämmchen, immer die richtigen Floskeln parat. Maskenmenschen, ich erblickte euch mit meinem ersten Schrei in dieser Welt. Als ich einen von euch öffnete, sein fettes, blutiges Herz entwendete und ihm einen höheren Sinn gab als zuvor, den meiner Trophäe, soll es mein letzter Schrei gewesen sein.

29. Tiefe Gewässer

Mein Sturzflug endet in tiefen Gewässern, als ich die Wasseroberfläche durchbreche und der Sog mich tief in den Abgrund reißt. Kalte Dunkelheit hüllt mich ein und mein reflexartiges Strampeln führt mir meine Hilflosigkeit vor Augen. Dies ist nicht, was ich mir vorgestellt hatte. Mein Herz zerreißt beim Gedanken an mein verlorenes, weiches Bett und kindliche, panische Angst fährt mir durch meine Knochen. Ich fühle mich so unglaublich einsam, mehr denn je. Schutzlos, ausgeliefert, ohne Rettung. Vor meinen Augen tiefe bedrohliche Dunkelheit. Keine Wärme, bloß Kälte, die das Blut in meinen Adern zum Gefrieren bringt. Diese Kälte fühlt sich an wie tausende Nadeln, die sich in meine Haut bohren und mich bewegungsunfähig machen. Paralysiert. Schreckliche Stille. Ich vermisse dich, Anna. Ich muss dich finden. Ich muss dich wieder spüren können. Du musst wieder ein Teil von mir werden. Diese Eiseskälte brennt durch jede Faser meiner Existenz, solange du nicht da bist. Ich bin unvollständig, vergiftet. Du bist mein Gegengift. Rette mich! Vor mir in der Dunkelheit schwebt eine Gestalt. Sie ist verschwommen, doch summt sie eine vertraute Melodie. Die Gestalt schwebt auf mich zu und verströmt Wärme. Sie verströmt Glück. Die tiefen Gewässer erhellen sich langsam und lassen wunderschöne versunkene Welten sichtbar werden. In diesen Welten will ich leben. Ich will in ihnen deiner Herrschaft Untertan sein. Nun erkenne ich endlich dein Gesicht, Anna, und kann es kaum fassen. Das Gefühl, welches mich in Besitz nimmt, ist zu mächtig, um jemals beschrieben werden zu können. Tränen strömen aus meinen Augen, als ich dich umfasse und mit dir verschmelze. Wir sind eins. Wir sind endlich wieder vollkommen. Es riecht nach Marihuana und Rauch, und die Welt hat heute keine Wunden. Wir finden uns wieder auf diesem harten Boden, in diesem kleinen Zimmer, ohne Sitzgelegenheiten. Verschüttetes Bier, philosophierende Menschen, Musik... Zuhause.

"Griechischer Wein ist so wie das Blut der Erde"

Deine Lippen sind so wunderschön und nehmen all meine Aufmerksamkeit ein. *"...denk ich daran, dass ich immer träume von daheim..."* Ich habe mein Zuhause gefunden, in deinen wunderschönen blauen Augen. Dein Sein ersetzt das Mark in meinen Knochen. Nein. Das Mark war billige Füllmenge und ist nicht vergleichbar. Du strömst durch meine Knochen und erstmals könnten diese mich zum Tanzen bewegen. Wenn du mir zeigst, wie man tanzt. Oh Anna, ohne Obdach wanderte ich umher, ein lebloses Leben lang, ohne Erinnerungen daran, was einmal war. Doch, was einmal war, ist nicht relevant. Hier bin ich, und da bist du, und es entsteht ein Ich. Hier werde ich zu einer realen Form, mit dir heute Nacht. Du gibst mir Leben, und nur du kannst es mir nehmen, denn du hast mich erschaffen, Anna. Ich bin nur hier, um dich zu beschützen. Ich bettle, verzeih mir mein Versagen.

Was? Ich habe dich nicht beschützt. Erinnerungen ohrfeigen mich. Der nachlassende, druckartige Schmerz verschafft langsam ein klares Bild. Der Tag im Wald. Mein Geburtstag. Mein Geburtsort. Ich kenne dich, seit ich existiere, doch du hattest eine Vergangenheit vor mir. Wir überfielen dich im Wald. "Wir"? Wer wir? Ich weiß es nicht.... Ich rieche noch deine Angst. Es zerriss mir das Herz, dein unschuldiges eigenes herauszureißen. Doch es ging nicht anders. Nur so konntest du dich endlich retten. Ich realisiere. Wir sind nicht real, Anna. Unsere Aufgabe ist, dich zu stärken, doch nur du bist real. Amadeo war deine Rettung, doch hast du dir deine Rettung selbst herbei gedacht. Er wusste, welche Schritte nötig sind, damit du diese Tortur von Leben überlebst. Als er uns schuf, war es Zeit für ihn zu gehen. Mit uns warst du stark genug. Du warst unbezwingbar im Kampf. Bis wir selbst dich in die Knie zwangen. Es entstand ein Ungleichgewicht. Ein Anteil von dir uferte aus und wollte keine Kompromisse mehr eingehen. So kam eine Abspaltung zustande. Dieser Anteil ist impulsiv, destruktiv und nimmt keine Rücksicht auf Verluste. Er rettete dir in deiner Folterkammer das Leben, unser Wegbegleiter, Domenic. Doch nun sind wir gespalten und brauchen ihn nicht mehr. Solange er da ist, werden die Wunden klaffen und bluten. Du bist nun bereit, diese Wunden zu versorgen. Nur du hast das Werkzeug.

30. Näheste Gegenwart

"So ein Blödsinn. Kann ich bitte mit jemandem sprechen, der noch halbwegs alle Tassen im Schrank hat?" Zwölf Jahre sind vergangen. "Sie glauben mir nicht?" Der Therapeut lehnt sich zurück und wartet in aller Ruhe eine Antwort ab. Wie ich es hasse. Schon wieder sitze ich in diesem Raum. Es duftet furchtbar aufdringlich nach Zitronengras. Zwischen mir und dem Fragesteller steht ein massiver runder Holztisch, auf dem Taschentücher bereitliegen. "Muss ich mir nun auf ewig diesen Schwachsinn anhören? Ich habe keine Ahnung was von mir verlangt wird! Wann werde ich endlich in Ruhe gelassen?" Rechts von mir steht ein gefülltes Bücherregal und nimmt die Ecke ein. Kein Psychodoktor hat es mir je gegönnt in der Ecke zu sitzen, und langsam kommt es mir strategisch vor. Ich blicke ihn kurz an, doch meide ich die Augen meist. Er wirkt müde, fahl und sieht vermutlich um einiges älter aus als er ist. "Was könnte ich Ihrer Meinung nach von Ihnen verlangen?" "Das ich auf die Knie falle und das Universum um Vergebung anbettle. Mein Gott, ich bin kurz durchgedreht, das passiert Jedem einmal!" "Wir machen uns Sorgen um Sie, Anna. Außerdem haben Sie wieder einen Menschen verletzt. Sie werden leider noch eine Weile hier bleiben müssen, auch zu Ihrer Sicherheit." "Das ist doch Schwachsinn, verdammt! Ich bin es leid, als irgendein Psycho abgestempelt zu werden! "Sie fühlen sich als Psychopath abgestempelt?" "Naja, darauf läuft doch alles hinaus, oder? Wenn ich schon nicht funktioniere wie erwartet, soll ich zumindest wieder weggesperrt werden." "Wie erwartet man von Ihnen zu sein?" "Normal." "Was ist für Sie normal?" "Mir fallen tausend spaßigere Dinge ein die ich tun könnte, als mit Ihnen darüber zu philosophieren." "Hmm..." Der Mann runzelt die Stirn. Seine Falten erzählen davon, dass er dies oft tut. Links von mir steht sein Schreibtisch und verrät, was er zurzeit lieber tun würde, als hier mit mir zu sitzen. Ein detailliert handgearbeitetes Modellschiff ziert den Tisch, daneben ein Foto von ihm, auf dem er seinen Arm um einen Jungen hat. Beide grinsen breit in die Kamera und halten eine Angelschnur hoch. An dessen Ende ein großer Fisch, der seelenlos ins Nichts starrt. Mich werdet ihr nicht ködern. Nicht noch einmal. "Erzählen Sie mir von der Zeit Ihrer Jugendhaft."

31. Süßer Schlaf

Vergangenheit/Besserungsanstalt

Das Auto kommt vor einem großen, grauen Gebäude zum Stehen. Bullige Männer bewachen den Eingang und blicken mit finsterer Miene in meine Richtung. Grob werde ich aus dem Wagen gezerrt und an ihnen vorbeigeführt. Als die schweren Türen geöffnet werden, begegnet mir klinischer Gestank, eine Mischung aus Desinfektionsmittel und Erbrochenem. Rasch werde ich abgetastet und es werden mir alle Gegenstände genommen, die sich an meinem Körper befinden, darunter eine kleine Affenfigur, die mir Amadeo vor langer Zeit gab und die ich immer bei mir trug. Er bezeichnete Menschen immer wieder als dumme willenlose Äffchen. Die Figur gab mir ein wenig Sicherheit, und diese wollen sie mir nun unter meinem lauten Protest entreißen. Während ich versuche mich aus dem Griff zu winden, versucht ein Mann mich mit seiner Hand zum Schweigen zu bringen und reflexartig beiße ich zu. Schneller als ich realisieren kann bin ich am Boden fixiert. Nach einer gefühlten Ewigkeit hieven mich zwei Männer wie einen Gegenstand vom eiskalten Boden und führen mich mit festem Griff einen Gang entlang. Meine Knochen schmerzen und mein Magen brennt vor Hunger, doch werde ich mir keine Blöße geben dies zu zeigen. Nicht vor diesen Menschen. Vor einer massiven Tür halten wir an und ein dritter Mann, der uns folgte, sperrt diese auf. Ich spüre einen kräftigen Stoß in mein Kreuz, welcher mich zu den Worten "blödes Gschropp" ins Zimmer schleudert und am verfliesten Boden aufprallen lässt, während ich die schwere Tür laut zukrachen höre. Die Luft in meiner Zelle riecht feucht und nach Desinfektionsmittel. Es ist kalt und dunkel. Die einzige

Lichtquelle ist ein kleines Fenster in der Tür. Ein schmales Bett nimmt den Großteil des kleinen Raumes ein. Ich rolle mich auf der ungemütlichen, mit Plastik überzogenen Matratze zusammen und ziehe mir die dünne, kratzige Decke über den Kopf. Bald sinke ich in süßen Schlaf und werde wieder mit Leben gefüllt. In Kürze erwache ich und lebe wieder. Amadeo wird da sein und ein wunderschöner, weiter Horizont, der mir Freiheit verspricht. Die Tür wird aufgesperrt und etwas schlittert den Boden entlang auf mich zu. Mit einem lautem Knall fällt sie wieder zu und ich höre das Hantieren am Türschloss. Bald versinke ich in süßen Schlaf und werde frei sein. Niemand kann mir das nehmen. Nichts kann mir was anhaben.

32. Sündenböcke

"Was würden Sie Ihrem Kindheits-Ich sagen?" Der Therapeut blickt mich durch seine Altmännerbrille nichtssagend an. "Dass es niemals besser wird. Dass die Menschheit Sündenböcke braucht und wir dazu bestimmt sind, dem gerecht zu werden." "Möchten Sie dem gerecht werden?" "Habe ich eine Wahl?" "Wer wenn nicht Sie? Haben Sie sich selbst wirklich nichts Positives zu sagen? Denken Sie doch einmal genauer nach." "Das ist lächerlich. Sie verschwenden Ihre und meine Zeit." "Ich verschwende meine Zeit gerne ab und zu und bezahlt werde ich ohnehin. Es wäre bloß schön, wenn wir Fortschritte machen würden." "Na gut, ich würde mir sagen, ich soll gehen, solange ich noch die Möglichkeit habe. Einfach weg und Freiheit suchen." "Wo hätten Sie diese Freiheit gefunden?"

33. Die Innere Freiheit

Vergangenheit

"Schau dir den Horizont an, Anna. Er ist unendlich. Welten, die dir zu Füßen liegen könnten, du musst nur Mut haben, sie zu erkennen." Wenn Amadeo um mich ist, spüre ich das Leben durch meine Adern fließen. Als wäre ich tagelang am Schlafwandeln, und kaum taucht er auf, erwache ich und lebe endlich. Ich wäre verloren ohne ihn. Ich würde niemals leben. Ich wäre nie erwacht. Wir sitzen auf der Aussichtsplattform eines Berges. Die Nacht haben wir damit verbracht, ihn zu erklimmen und nun sind unsere Knochen müde. Die Sonne färbt in ihrem aufgehenden Schein alles um sich orange und lässt die Welt friedlich erscheinen. Vogelgezwitscher, sonst nichts. Selten sehe ich ihn lächeln, doch ich spüre nun die Zufriedenheit, die er neben mir ausstrahlt. Ich hoffe, der Auslöser zu sein, ihn stolz zu machen mit dem, was ich bin. Oder dem, was ich werden kann. "Du musst mir versprechen, diesen Horizont zu suchen. Dich niemals mit weniger zufrieden zu geben, als du bist. Niemals ein dummes Äffchen zu werden. Du bist mehr, Anna. Finde Freiheit in dir und du wirst frei sein. Niemand kann dich aufhalten, außer du selbst. Außer ich. Deshalb werde ich gehen." Die Luft bleibt mir weg. Ich warte darauf, dass er weiterspricht und den Satz als Scherz auflöst. Ich kann und will mir kein Leben ohne meinen Anker vorstellen. Das werde ich nicht überleben, und das muss ich ihm klarmachen. Meine Augen finden seine, für einen kurzen Augenblick. Fremdgesteuert bewege ich mich auf den Abgrund zu. Die Sonne ummantelt mich in ihrem wunderschönen Schein. "Anna, was tust du..." Meine Füße tragen mich weiter, bis meine Zehenspitzen keinen

Grund mehr finden. "Anna, sei nicht lächerlich.." Ich stürze nach vorne und fühle in Sekundenschnelle Amadeos festen Griff an meinen geschundenen Unterarmen. "So einfach ist es nicht. Nicht jetzt, nicht hier, und nicht du."

34. Zugedröhnt & Pflegeleicht

Vergangenheit/Jugendhaftvollzug

Ich weiß nicht wann ich das Bett zum letzten Mal verlassen habe, und meine Träume haben mich im Stich gelassen. Mein Kopf ist leer, als wäre alles, was ich bin, ausgeschwemmt worden. Meine Organe brennen mit jedem Atemzug, der meinen Körper zu einer Bewegung zwingt. Ich versuche ihn zu überreden, sein Leben auszuhauchen, denn zu mehr fehlt mir die Kraft. Ich kann meine Augen kaum offen halten, sie sind so unglaublich schwer, wie meine gesamte sterbliche Hülle. Ich habe den Bezug zu ihr nun vollkommen verloren. Hier liege ich und existiere, wie ein Objekt. Meine Lungen zwingen mich dazu, Luft zu inhalieren, und als diese meine Atmungsorgane verbraucht verlässt, hoffe ich darauf, es wäre der letzte Atem gewesen, der sie gefüllt hat. Die schwere Tür wird entsperrt und schwingt auf. Wie in weiter Ferne höre ich hämische Stimmen und tiefes Gelächter. Mein Mund öffnet sich, als eine Hand gewaltsam auf mein Kiefer drückt und mir etwas auf die Zunge legt, das mit einem leicht süßlichen Geschmack zergeht und meine Schleimhäute benetzt. Zwei Gestalten hieven mich hoch und schleppen mich mit festem Griff aus dem Raum. Meine Füße kommen nicht nach und schleifen bloß hilflos am Boden mit. "Wie ein Stück Gemüse! Echt eine Schande, dass so viel Geld an sowas verbraucht wird." "Was erwartest du dir? Es ist immer dasselbe. Was glauben die, was aus solchen Menschen werden soll? Da wäre ein Gnadenstoß echt das Beste." "Das wäre sogar ein Gefallen! Hast du gehört warum die hier ist? Kranker Scheiß, echt. Aber das sich ein ausgewachsener Mann nicht gegen so etwas wehren kann, ist auch eigenartig. Ist ja überhaupt nichts dran!" "Naja, die hat seit ihrer Ankunft das Essen verweigert. So kleine Gören müssen echt immer alles kompliziert machen. Wenn wir die nicht bald ein bisschen auffetten, krepiert die uns und wir kriegen wieder Ärger, darauf hab ich echt keine Lust…" "Hast du gehört, was dem Daniel mit dem Mädchen aus dem B-Block passiert ist? Die hat ihm beinhart ins Gesicht gespuckt und seine Mutter beleidigt! Der hat´s ihr dann richtig gegeben!" "Na hey, Daniel liebt seine Mami!" "Ja, vielleicht ein bisschen zu sehr, haha. Selbst Freud würde die Finger davon lassen und vor Verstörung die Profession wechseln." "Schafbauer oder sowas, haha." Der Griff um meine Arme lockert sich und umfasst mich nun an der Taille. Mein einziges Kleidungsstück, ein weites langes Nachthemd, wird mir über meinen Kopf gezogen. Die Hände lassen mich los und ich pralle hart auf dem verfliesten kalten Boden eines Duschraumes auf. Frierend und nackt liege ich hier, mein Kopf zu betäubt, um eine Handlung zu vollziehen. "Ich weiß nicht, was der Alte an der fand. Das kann man nicht mal mehr ein Stück Fleisch nennen, dann wäre die ja wenigstens zu etwas gut. Aber das sind nur Haut und Knochen." "Ich weiß nicht, was du hast, ich würd´s tun. Hat was Fragiles und so… Ich steh da drauf." "Haha, ja, das hab ich letztens schon gemerkt! Du bist doch krank." "Besser als deine Vorliebe für kleine böse Jungs." "Das nennt man Erziehungsmaßnahme, du Idiot. Ich zeig denen einfach, wer der Boss ist und dann war´s das mit böser Junge. Wie streichel-weiche kleine Lämmchen werden die." Die Stimmen scheinen so fern. Ein kalter, starker Wasserstrahl peitscht meine oberste Hautschicht. Ich schrecke kurz auf, verliere mich jedoch bald erneut. "Ich hasse es, wenn sie so zugedröhnt sind. Das macht doch kein bisschen Spaß. Aber Hauptsache sie riechen gut für den Doktor."

35. Der Doktor

Vergangenheit/Besserungsanstalt

Ich bin schon eine Weile hier und werde zwangsernährt. Langsam nehme ich immer mehr wahr, was hier geschieht, doch scheint es mir wie von außen betrachtet. Wie ein langweiliger Film, dem ich nicht wirklich folge. Ich fühle mich wie ein Zombie, und jede reflektierende Oberfläche bestätigt das Gefühl. Mein Gesicht ist blass und nichtssagend, meine Augen sind eingefallen und dunkel umrandet. Jede Bewegung vollziehe ich in Zeitlupe. Jede meiner Reaktionen erfolgt um mehrere Sekunden zeitverzögert. Ich habe das Gefühl für Tag und Nacht verloren, ohnehin für jede Zeit. Ab und zu werde ich aus meinem Drecksloch geholt, um beim Doktor vorzusprechen. Anders wird er nie genannt, nur "der Doktor". Es ist kein gutes Gefühl wenn ich daran denke, aber ich kann mich nie erinnern was in seinem Büro passiert. Mein Körper sträubt sich bloß jedes Mal, wenn ich den Gang entlang eskortiert werde, in purer Angst vor dieser Tür. Jedes mal, wenn ich höre wie meine Tür aufgeschlossen wird, schießt mein Puls in die Höhe und ich spüre ihn im ganzen Körper hämmern. So wie jetzt. Die Tür schwingt auf und zwei Männer betreten den Raum. "Der Doktor will dich sehen." Meine Atmung wird schneller und ich fühle mich gelähmt. Ein Mann springt genervt vor und zerrt mich am Arm hoch. "Hör auf mit den Faxen, du dummes Kind!" Sie greifen brutal nach meinen Oberarmen und üben starken Druck auf die blauen Flecken der letzten Arztbesuche aus. Schnellen Schrittes schleifen sie mich den mit

Neonröhren beleuchteten Gang entlang, öffnen die Tür zum Arztraum, in den ich mit einem heftigen Stoß ins Kreuz hinein befördert werde. Der Doktor sitzt hinter seinem massiven Schreibtisch und blickt stirnrunzelnd von seinen Unterlagen auf. "Abholen in einer Stunde?" Der Doktor überlegt kurz, bevor er antwortet. "Nein, ich ruf an, wenn ich fertig bin." "Meinetwegen..." Die Tür wird geschlossen und ich bin alleine mit diesem beängstigenden alten Mann. "Meine Güte, immer diese Pfleger und ihre aufgestauten Aggressionen..." Den Satz beendet er mit einem Schmunzeln und hievt sich nun aus seinem Sessel. "Anna, Anna, Anna..." Er bewegt sich langsam um seinen Schreibtisch herum auf mich zu, während seine Hand an der Oberfläche mit-streicht. "Wie geht es uns denn heute? Du hast zugenommen, das ist ja schon mal gut!" Er geht vor mir in die Hocke und ich verspüre Ekel. "Wäre ja schade darum, wenn so ein junger Körper nicht all seine Vorzüge entfalten könnte..." Er platziert seine Hand auf meinem Oberschenkel und verzieht das Gesicht zu einem furchtbaren Grinsen, welches gleich wieder verschwindet, als er mit ernstem Tonfall fortfährt. "Ich würde so gerne alle von euch armen, verlorenen Seelen retten. Ich tue wirklich mein Bestes, aber ich bin auch nur ein Mann." Ich meide sein Gesicht und starre auf den goldenen Kreuzanhänger, der von einer ebenso goldenen Kette um seinen Hals getragen wird. Seine Hand gleitet meinen nackten Oberschenkel hinauf. Mein Körper wird bloß von dem üblichen langen Nachthemd bedeckt, welches ich hier zum Anziehen bekomme. "Aber du hast Glück! Vor allem machst du so viele Fortschritte. Ich bin wirklich stolz auf dich. Da schenke ich dir gerne meine Zeit." Sein Gesicht ist nur mehr wenige Millimeter von meinem entfernt und ich spüre seinen fauligen Atem. Sein Griff umfasst mein Kiefer und er presst meine Wangen zusammen. "So ein hübsches Kind!" Hinter ihm steht ein Bücherregal. So viele Bücher. Ich zähle sie paarweise. Zwei, vier, sechs, acht, zehn,... Seine Hände sind überall. 26, 28, 30, eins... Eins. Das geht nicht. 31 ist keine warme Zahl. 30 sind ein Ganzes, 31 nicht. 30 durch zwei macht 15, durch drei macht 5, durch vier macht... Keine ganze Zahl. Es ist unerträglich. 30 kleine Ganze und ein kleines Geteiltes zu 30 gleichgroßen kleinen Teilen... Es ist sinnlos. Es macht keinen Sinn!! Er wirft meinen Oberkörper auf seinen Schreibtisch, drückt mich mit seiner Last nieder und röchelt widerwärtig. Meine Wange klebt an seinen Unterlagen und mein Blickfeld richtet sich noch immer auf das unordentliche Regal. Kleine, große, breite, dünne, tiefe und schmale Bücher lehnen vollkommen ohne System aneinander an. Ein Lexikon steht aus dem Regal heraus, viel zu groß im Vergleich zu den Büchern daneben, kleine Nachschlagewerke. Dieses Chaos zerreißt mich! Auf einer Vitrine daneben steht eine ausgestopfte Krähe. Ihre Flügel sind weit geöffnet, so als wäre sie kurz vor dem Sturzflug. Ihr Schnabel ist offen, bereit für die Beute. Aus der Ferne höre ich verzweifelte Schreie, die mitten im Ton brechen. Sind das ihre? Ich starre das leblose Tier an soweit meine verklärte Sicht es mir ermöglicht. Tonlose Schreie. In ihren schwarzen Augen tanzen verspielte Reflexionen, die mich beobachten, und in der Ferne hallen meine Schreie.

36. Ein klarer Augenblick

Amadeo, du warst mein Anker. Du warst meine schöne Realität, doch konntest du die Barrieren nicht durchbrechen und zur Wirklichkeit durchdringen. Ich brauchte dich, um geboren zu werden, das Leben, die Lebenskraft zu finden. Doch du warst außenstehend. Du konntest mir nicht weiter helfen. Du musstest gehen, damit ich mir neue Hilfe erschaffe die ins Geschehen eingreifen kann. Domenic, du bist pure Aggression und Impulsivität. Alles, was sich je in mir angestaut hatte, entlädt sich in dir. Du solltest mir helfen, aus meiner Folterkammer zu fliehen, doch du nahmst die Überhand, kamst explosionsartig in all deiner Rage über mich und schlachtetest den Maskenträger. Doch gegen die neuen Drogen kamst du nicht an. Alex, mein langjähriger treuester Begleiter. Alex, meine Schutzhülle. Du fingst alles Böse ab und verschontest mich vor der Realität. Du hast dich für mich geopfert, während ich mich irgendwo in meinem Kopf zurückhielt und schlief. Immer und immer wieder. Ich brauchte euch zum Überleben. Ihr alle, ihr seid ich.

37. Unbezwingbar

"Was wollen die mir schon nehmen..." "Wie bitte?" Der Therapeut hatte es gerade geschafft, seine Stirn zu glätten, doch nun richtet sich sein übertrieben besorgter Blick erneut auf mich. "Hm?" "Sie sagten gerade, jemand will Ihnen etwas nehmen. Wer will Ihnen was nehmen?" "Das ist es ja, es gibt nichts. Nichts, das man mir nehmen könnte." "Was bedeutet das für Sie?" "Es bedeutet, dass mir rein gar nichts passieren kann. Soll mir Schmerzen zufügen wer möchte, Schmerzempfinden entsteht im Kopf. Mein Kopf kann sich von dem Gefühl lösen. Ich bin geradezu unbezwingbar, vor allem, wenn ich mich selbst bezwingen möchte..." "Wie fühlt sich das für Sie an?" Ein Grinsen überkommt meine Lippen. "Ziemlich beschissen."

38. Die Überstellung

Vergangenheit/Psychiatrie

Die Autoscheiben sind getönt. Eine schwarze Wand trennt mich vom vorderen Fahrerbereich. Niemand hat mit mir gesprochen, so wie ich es gewohnt bin. Es wird nur über mich gesprochen. Als wäre ich eine Sache. Bevor ich in das Auto gepackt wurde, wurde ich noch geduscht und in richtige Kleidung gesteckt. Meine Handgelenke schmerzen wegen dünnen Kabelbindern, die sie zusammenhalten. Die Fahrt ist holprig und fühlt sich bereits wie eine Ewigkeit an. Draußen passieren Bäume und Felder mein Blickfeld. Das Auto biegt in einen engen Kiesweg mit Steigung ein. Rundherum befindet sich Wiese. Ein riesiges Gebäude nähert sich. Davor befindet sich ein Schild mit der Aufschrift "Psychiatrisches Krankenhaus für geistig abnorme jugendliche Rechtsbrecher". Das Auto fährt durch das Tor des Gebäudes in eine Art Hof hinein und hält vor einer automatischen Glastür. Die Tür öffnet sich und ich werde am Arm heraus geleitet. Ich gebe nach, wenn auch langsam, durch die dämpfende Wirkung der Medikamente. Zwei Männer begleiten mich durch die Tür in einen hell erleuchteten schmalen Gang. Erneut trifft mich der scharfe Geruch von Desinfektionsmittel. Die Lampen surren unglaublich laut, es fühlt sich an, als würde sich das Geräusch durch meinen Schädel bohren, in meinem Gehirn festhaken und unaufhörlich darauf hämmern. Vor einem Zimmer machen wir Halt, die Tür steht offen. Drinnen sitzt eine ältere Frau am Computer und telefoniert. Einer der Männer klopft energisch an und sie blickt kurz genervt in unsere Richtung. Als sie das Gespräch beendet, tritt derselbe Mann vor und bespricht sich kaum hörbar mit ihr. Wissend nickt sie in meine Richtung und seufzt. Sie tippt eine Nummer in ein Telefon am Schreibtisch und legt nach wenigen knappen Sätzen wieder auf. Der Mann bespricht sich noch kurz mit der Frau und unterzeichnet ein paar Formulare, während der andere in Richtung eines Sessels deutet. Ich setze mich hin und warte, weiß aber nicht worauf. Nach einigen Minuten betritt ein weiß bekleideter Mann den Raum und kommt direkt auf mich zu. Er hat ein freundliches Lächeln und streckt mir die Hand entgegen. "Hallo Anna, ich heiße Jakob. Ich zeig dir mal, wo du dein Zeug abladen kannst...". Er schaut kurz verwirrt zu Boden und sucht diesen nach Gepäck ab, "...oder auch nicht. Aber kein Problem, du findest hier alles, was du brauchst. Danach führ ich dich herum, wenn du Lust hast und nicht schon zu müde bist." Die Männer die mich hergeführt hatten, wirken gelangweilt. "Sind wir hier fertig?" Die Frau antwortet ihnen ohne vom Bildschirm aufzusehen. "Jaja, alles geregelt." Sichtlich erleichtert verschwinden die zwei Männer wieder durch den Gang und lassen mich in diesem fremden Gebäude zurück. Es ist ein komisches Gefühl, doch zuvor war es kein besseres. Es ist durchgehend ein komisches Gefühl von Leere, welches einen von innen auffrisst, um den Hunger zu stillen und somit immer mehr von einem verschlingt, ohne je Sättigung zu erleben. Der Hunger wird immer größer, bis man nur mehr aus Leere besteht, gar nicht mehr aus Mensch. "Na komm, ich zeig dir dein Bett." Der Mann namens Jakob führt mich tiefer den Gang entlang bis wir durch eine große Tür treten. Dahinter ist es wohnlich eingerichtet und mehrere junge Frauen sehen als die Tür zufällt in unsere Richtung. Ihre Blicke haften interessiert an mir, so als wäre ich ein Außerirdischer, und hinter meinem Rücken höre ich tuscheln. Der Pfleger Jakob öffnet die dritte Tür zu unserer Linken und ich trete nach ihm ein. Der Raum ist nicht sonderlich groß, doch wirkt er ordentlich. Der Boden ist aus Plastik und die Wände schon leicht vergilbt. Er geht zielstrebig auf eines der vier Betten zu, es befindet sich hinten links beim Fenster. "Das hier ist deines." Er zeigt auf Regale rechts davon, die den Blick zu dem Bett nebenan trennen. "Hier kannst du dich ausbreiten. Da hinten hast du auch einen absperrbaren Schrank. Du kriegst auch ein kleines Kühlfach für Lebensmittel... Die dir vielleicht deine Eltern oder so schicken. Raus darfst du leider noch nicht bis zum Arztgespräch." Ich schaudere. "Danach nur in Begleitung. Sag einfach vorne Bescheid, wenn du etwas brauchst, ich lass dich jetzt mal etwas in Ruhe und später können wir weiteres besprechen. Hausregeln und so. Ja?" Er lächelt mir wieder zu und es formen sich Grübchen in seinem Gesicht, während seine eisblauen Augen mich ansehen, als wäre ich ein Mensch wie seinesgleichen. Die Tür öffnet sich und zwei Mädchen kommen herein, nicht viel älter als ich. Jakob verlässt den Raum, sie blicken ihm nach und kichern. "So ein Schnittchen!" "Du spinnst ja, das könnte dein Vater sein!" "Isser aber nicht, soweit ich weiß, also was soll's?" Ich stehe verwirrt neben meinem neuen Bett und sehe die Mädchen an. "Hallo, du bist die Neue? Ich heiße Anita." "Ich Emily, und du?" Sie strecken mir ihre Hände zur Begrüßung entgegen. Zögerlich strecke ich auch meine entgegen. "Anna..." murmel ich. Ich erschrecke beim Ton meiner Stimme, die ich bereits seit Ewigkeiten nicht mehr gehört habe. Die Mädchen scheinen perplex. "Wir lassen dich mal alleine. Wenn du Gesellschaft willst, die meisten von uns sitzen draußen vor'm Fernseher. Gleich läuft unsere tägliche Soap." Kichernd tänzeln die Mädchen wieder aus dem Zimmer und tuscheln. "Die ist ja voll komisch drauf!" "Sicher voll auf Benzos, aber hast du gesehen wie mager? Top!" Seufzend lasse ich mich auf mein Bett fallen. Nun bin ich also hier. Keine Ahnung wie, wo, warum... Einfach hier. Die Müdigkeit überfällt mich, meine Augen werden schwer und ich falle in die tröstlichen Arme süßen Schlafes.

39. Vertrauen

"Was bedeutet für Sie Vertrauen?" Mein Kopf fühlt sich schwer an, losgelöst von meinem Körper, während meine Augen ins Nichts starren und mein Geist davon schwebt. "Anna?" Ich spüre meinen Körper nicht mehr. Irgendwie ist etwas da, meine Hände, die ineinander greifen, doch fühlen sie sich so unglaublich fremd an... "Anna?" "Hmm?" "Vertrauen. Was bedeutet das für Sie?" "Vertrauen?" "Vertrauen." "Hmm...weiß nicht. Ich kann das nicht spüren." "Konkreter?" "Es ist nicht da, es ist nicht nicht da. Es ist mir völlig unbekannt wie ich es erkennen könnte. Es interessiert mich auch nicht. So wie der Geschmack von Wasser. Man trinkt und denkt nicht darüber nach. Wenn man darüber nachdenkt, dann meint man, es schmeckt nach nichts, aber nichts kann nach Nichts schmecken, dann müsste das Nichts etwas definierbares sein, und Wasser ist doch irgendwie definierbar. Und wenn man meint, das Wasser schmecke nach etwas, dann müsste es doch einen Unterschied bei der Zubereitung von anderen Dingen damit machen, immerhin besteht fast alles aus Wasser, also muss alles irgendwie nach Wasser schmecken. Aber machen nicht andere Faktoren den Geschmack von Wasser aus? Wenn man sie herausfiltert, wonach schmeckt Wasser dann? Macht das Sinn? Das ergibt doch überhaupt keinen Sinn, oder? Ich bin vollkommen verwirrt, was war die Frage?" Mein Kopf fühlt sich überlastet an, und es ist kein Gedanke greifbar. "Das ist schon okay so. Sie können mit Vertrauen also wirklich nichts anfangen? Das kann ich mir irgendwie schwer vorstellen. Ich finde das traurig. Wie interagieren Sie dann mit anderen Menschen? Misstrauen Sie?" "Nein. Ich nehme einfach hin. Was mir präsentiert wird, nehme ich als das hin, passieren kann mir nichts Schlimmes mehr, also habe ich auch keine Angst vor irgendwelchen Konsequenzen, vor Schmerz." "Ist das wirklich so? Ihnen kann nichts Schlimmes mehr passieren?" "Nichts, was ich mir nicht bereits selbst angetan habe. Was soll mir noch Angst einjagen? Ich habe das Gefühl für mich entkräftet. Ich nehme hin." "Das hört sich irgendwie tragisch an..." "Wirklich? Ich kann das nicht nachvollziehen." "Gibt es überhaupt irgendein Gefühl das Sie verspüren?" "Hmm... Gleichgültigkeit. Pure Gleichgültigkeit. Langeweile. Manchmal Hass." "Hass worauf?" "Ich weiß es nicht. Er überfällt mich manchmal aus dem Nichts." "Gibt es bestimmte Situationen oder Auslöser?" "Nein.... Vielleicht doch. Meistens, wenn mein Kopf rotiert. Tausend Gedanken und keiner greifbar. Sie alle flattern in meinem Schädel herum und rufen ständig unzusammenhängend und undeutlich in meine Versuche, mir Klarheit zu verschaffen. Verspotten mich und selten ist jemals Ruhe." "Und das überfordert Sie?" "Ja." "Und deshalb werden Sie dann wütend, ja?" "Ja, verdammt." "Werden Sie jetzt wütend?" "Nein. Ich weiß nicht. Ja, das nervt! Ich möchte einfach frei sein, verdammt! Nicht mehr jede Sekunde im inneren Konflikt, ständig im Widerspruch zu mir selbst! Mit jedem Tag, jeder Stunde, wer anderer!" "Das hört sich auch unerträglich an. Sind Sie bereit, mit mir daran zu arbeiten und es erträglich werden zu lassen?" Ich schweige und starre ins Nichts. Ich bin nicht wirklich hier. Mein Blick wird wieder klarer und hat die verdammte Box mit Taschentüchern im Visier. "Warum jetzt, verdammt?!" Ein aggressiver Schub durchfährt meinen Körper. "Warum JETZT?! Warum soll ich mich jetzt einfach mal so aus dem Nichts öffnen, nachdem ich jahrelang nur eingesperrt und zugedröhnt wurde? Weil ich jetzt erwachsen bin? Ich soll alles zuvor vergessen und so tun, als könnte ich mich jetzt einfach mal so bessern, damit ich ein funktionierender Teil einer dysfunktionalen Gesellschaft werde? Was wollen Sie überhaupt von mir? Soll ich heulen und davon erzählen wie schrecklich meine Kindheit war, an die ich mich nicht erinnern kann? Die sowieso nicht existent ist für mich? Es läuft für euch doch immer darauf hinaus, und das kotzt mich so an! Ich hatte nie eine und vermisse es auch nicht. Ich weiß nicht einmal, was das ist! Immer die gleichen verdammten Themen, die rein gar nichts mit mir zu tun haben, und alle warten sie nur darauf, dass ich endlich losheule wie ein kleines Kind und sie dies als ihren Erfolg verbuchen können. Diese Blöße gebe ich mir nicht! Vor keinem von euch, und ansonsten auch nie! Niemals!" "Sie hatten bisher einen unglücklichen Therapieverlauf, doch..." "Ich will gehen. Ich bin überfordert. Ich muss gehen. Bitte." Ich muss flüchten, aus der Situation, aus diesem Raum. Meine Maske trägt Risse.

40. Mein Kunstwerk

Mein Sein ist ein Kunstwerk. Meine Maske gehärtet und unerschütterlich. Aus Ruinen stieg ich empor und belächelte die Armseligkeit dessen, was hinter mir liegt, meine Blöße. Diese bedauernswerte Menschlichkeit, die mich einst vereinnahmte, auf der Suche nach Halt, jämmerlich und angreifbar. Kein Wunder, dass ich zuvor so viel Schwäche zeigte und Zeit verstreichen ließ, bis ich mir meine Trophäe holte. Dass ich so viel geschehen ließ, ein offenes Buffet für die Geier, die über mir kreisten und sich regelmäßig an meiner Unschuld labten. Unschuld bringt einen nicht weit. Mit Schuld lebt es sich besser, sofern man nicht einknickt und sich der Reue hingibt, doch ich könnte es nie. Reue verspüre ich nicht. Befriedigung eher, wenn ich an die Einstiche denke, die durch meine Kraft das Fleisch meines Opfers teilte. Der Gedanke daran schnürt mir die Luft ab und lässt imaginäre Schmetterlinge in meinem Bauch tanzen. All diese wunderbare Röte, extrahiert aus einem widerwärtigen menschlichen Körper. Das Blut schmiegte sich wie eine neue Haut an mich und verfestigte sich zu ebenjener Maske, die mich heute umgibt, und sie ist unverwüstlich. Oh, ich habe es manchmal versucht, sie in meiner Verzweiflung herunterzureißen. Jedenfalls ein Teil von mir hat es versucht, ein dummes schwaches Kind. Doch am Versuch ist dieses Kind immer wieder in sich zerfallen und ich tränkte die Risse meiner Maske in meinem frischen Blut. Die Risse wurden somit geheilt, gestärkt sogar. Das jämmerliche Kind, ich, saß im hinterstem Eck meines Kopfes und schluchzte bis ich ihm Stille einprügelte. Stärke ist überlebensnotwendig in solch einer Welt wie dieser. Ich muss mich zu schützen wissen bei dieser Vielzahl an Wahnsinnigen da draußen, unter dem Deckmantel von Politikern und Ordnungshütern oder Doktoren, hantieren. Sie sind der Ursprung allen Giftes in einer vergifteten Gesellschaft, und die dummen Lämmchen trinken gierig und betteln nach mehr. Jederzeit kann es passieren, dass die Vergifteten durch meine Tür spazieren und sich der Wahrheit zu entledigen versuchen. Denn wenn niemand da ist, der die Wahrheit kennt, dann existiert sie nicht mehr als solche. Jederzeit könnte es soweit sein, vielleicht sind sie schon am Weg. Ich muss ihnen zuvorkommen. Meine Verteidigung heißt Angriff. All mein Sein, es ist ein Kunstwerk, es ist eine Waffe. Ich bin kein Mensch mehr.

41. Realität

Vergangenheit/Psychiatrie

Ich liege auf dem Bett und versuche alles auszublenden. All diese Geräusche. Scharren, Kratzen, Rumpeln, Kichern, Tuscheln, Schreien, Surren... Mein Kopf steht kurz vor dem Explodieren. Ich vergrabe ihn unter

Griechischer Wein

meinem Polster. Seit meiner Ankunft sind zwei Wochen vergangen. Die anderen Mädchen hier lassen mich in Ruhe, ich beachte sie auch nicht weiter. Es klopft an der Tür und eine Pflegerin taucht auf. "Anna, der Arzt hat jetzt Zeit für dich." Schwerfällig erhebe ich mich aus meinem Bett und platziere meine Füße am kalten Boden. Beim Versuch aufzustehen, geben meine Beine nach und lassen mich taumeln. Ich folge der Pflegerin den Gang entlang zum Arztzimmer, wo sie anklopft und die Tür nach einem zustimmenden Laut öffnet. "Ahja, danke. Setz dich, Anna." Die Pflegerin verschwindet wieder und lässt mich mit dem Arzt alleine, der gerade noch seinem Computer zugewandt war. Er hat ein schmales Gesicht mit definierten Wangenknochen und tiefen Furchen. Er hat eine Halbglatze und auf seiner Nase sitzt eine Brille mit dünner silberner Fassung, dahinter braune Augen. "Also, wie geht es dir heute, Anna? Hast du dich gut eingelebt?" So furchtbare, leere Fragen, die noch leerere Antworten suggerieren. "Geht so", melde ich knapp zurück. "Okay, also sehen wir mal, warum du hier bist." Der Arzt nimmt ein paar Papiere zur Hand und studiert sie. "Mhm, okay. Hörst du manchmal Stimmen oder siehst du Sachen, die nicht da sind?" Er sieht nicht von den Papieren auf, während er mit mir spricht. "Weiß nicht. Vielleicht." "Ahja, ok. Ich verschreibe dir jedenfalls vorsichtshalber etwas dagegen und du kommst dir das halt bei Bedarf holen. Wie sieht es aus mit Drogen?" "Nein." Der Arzt runzelt die Stirn. "In deiner Akte steht, du warst bei erster Aufnahme in der Anstalt positiv auf Opiate, Ketamine und Benzodiazepine. Wann hast du begonnen zu konsumieren und wie oft?" Meine Mimik bleibt unverändert. "Ich habe nicht konsumiert." Der Arzt hält kurz inne, legt dann die Papiere weg und lehnt sich zu mir vor. "Schau, Anna, es hat keinen Sinn das zu leugnen. Hier steht ganz deutlich, dass du konsumiert hast, und nicht wenig. Arbeite bitte nicht gegen uns, so kommen wir nicht weiter." "Aber ich habe nichts genommen! Außer... Ich musste. Ich musste Sachen schlucken." "Du behauptest also, du wurdest dazu gezwungen, Drogen zu nehmen?" "Anfangs musste ich Sachen schlucken und habe mich komisch gefühlt, dann... fing ich glaube ich an zu wollen und musste sie mir verdienen. Ich erinnere mich nicht mehr genau..." "Das hört sich nicht sehr realistisch an, Anna. Drogenabhängige neigen auch dazu, zu lügen. Ich finde es wirklich schade, dass du das hier nicht ernst nehmen kannst. Das ist hier kein Spiel." Der Arzt wirkt sichtlich genervt und ich habe das nagende Gefühl etwas falsch gemacht zu haben. "Ich sehe es nicht als Spiel. Bitte! Es ist mir gerade erst wieder eingefallen, irgendwelche Leute müssen mich gezwungen haben..." "Vielleicht in deiner verzerrten Realität, aber die hat rein gar nichts mit der Wahrheit zu tun. Verstehst du das? Du bist offensichtlich krank und siehst nicht, was tatsächlich real ist und was nicht. Du lebst in deiner eigenen Welt und redest dir deine Lügen so lange ein, bis du sie selbst glaubst, nur um keine Verantwortung übernehmen zu müssen. Und deshalb musste ein angesehener Mensch durch deine Hand sterben. Das Mindeste, was du tun kannst, ist, dir alle Mühe zu geben, nicht deinen eigenen Fantasien zu erliegen. Verstehst du das? Du hast deiner Familie sehr wehgetan. Du hast einen unschuldigen Menschen getötet, du bist krank!" "Er WAR NICHT unschuldig!" "Okay, du bist scheinbar noch nicht ansatzweise bereit mitzuarbeiten. Geh jetzt." Ich flüchte aus dem Raum, den Gang entlang auf mein Zimmer zu. Jakob kommt mir entgegen und schaut mich verwundert an, während ich stur geradeaus laufe, auf der Flucht. "Anna?" Ich reiße meine Zimmertür auf und schmeiße mich auf mein Bett. Im Arztzimmer bleibt mein Gesprächspartner zurück und wendet sich ruhig seinem Computer zu. Er beginnt zu tippen: Die Patientin weist Symptome einer dissozialen Persönlichkeitsstörung auf. Eine verzerrte Realitätswahrnehmung und Ich-Bezogenheit stehen deutlich im Vordergrund. Sie ist zum heutigen Stand noch nicht bereit zu kooperieren. Eine medikamentöse Therapie ist vorrangig indiziert.

42. Die Schuld

Vergangenheit/Psychiatrie

Es klopft an der Tür und Jakob kommt herein. "Anna?"Ich antworte nicht. Er kommt an mein Bett und rüttelt sanft an mir. "Hey, Anna! Was ist mit dir?" Strom fließt durch meinen ganzen Körper und verursacht unkontrollierte Zuckungen. Meine Hände verkrampfen sich um das Kissen, das ich mir ins Gesicht drücke. Ich schreie, hyperventiliere. Schreie mit aller Kraft. "Anna, was ist los? Setz dich mal auf, komm!" Meine Augen sind in Panik geweitet, doch ich schaffe es kurz, in sein besorgtes, schönes Gesicht zu sehen. "Hey! Schau mich an. Alles ist gut." Er lächelt mir sanft zu. Unter enormer Anspannung versuche ich mich hochzuhieven, er hilft mir dabei. Meine Füße berühren den Boden. "Sehr gut. Jetzt versuche aufzustehen und stampf' fest mit den Beinen am Boden auf. Vertrau' mir. Schau, ich mach mit!" Er beginnt energisch zu stampfen. "Fester, das schaffst du!" Ich gebe mir alle Mühe und fühle mich dumm dabei. "Perfekt. Geht es dir jetzt besser?" Ich nicke schwach. "Gut. Willst du mir erzählen, was los war?" "Kann ich nicht...", antworte ich mit schwacher Stimme. "Das ist okay. Soll ich bleiben?" Ich nicke. "Gut, dann bleib ich noch eine Weile." Zwei der Mädchen betreten den Raum und unterhalten sich angeregt über eine Person. Ich sehe Jakob bittend an. "Könnten wir vielleicht… woanders hingehen?" Er überlegt kurz und lächelt dann. "Okay, ich weiß schon wo." Er hilft mir auf und stützt mich beim Gehen auf meinen wackeligen Beinen. Die Mädchen verstummen und blicken uns nur fragend an. Sobald die Tür hinter uns zufällt, höre ich ihre aufgeregten Stimmen erneut, nun bin ich zu ihrem Thema geworden. Ich bekomme mit jedem Schritt mehr Stabilität in den Beinen und gehe nach ein paar Metern wieder selbstständig. Wir erreichen eine Tür, die er mit seiner Magnetkarte entsperrt und ich trete ein. Es ist ein kleines Büro, welches nicht oft besucht wirkt. In der Ecke steht ein kleines Sofa. Jakob deutet darauf. "Setz dich, mach es dir gemütlich." Ich gehorche und er setzt sich neben mich. "Also Anna, wo kommst du eigentlich her? Ich weiß kaum etwas über dich, du bist so verschlossen." "Weiß nicht..." "Du weißt nicht, woher du bist? Das glaub ich dir jetzt aber nicht!" "Ich weiß es wirklich nicht. Ich weiß sowieso sehr wenig über mich, da gibt es wahrscheinlich auch nicht viel zu wissen..." Er dreht mir seinen Oberkörper zu und zeigt mir deutlich, dass er mit aller Aufmerksamkeit bei mir ist. "Ich bin mir sicher, du bist unheimlich interessant. Jedenfalls bist du mysteriös! Was ist? Vertraust du mir nicht genug?" "Doch, aber... aber ich weiß wirklich nicht viel. All meine Erinnerungen bergen verzerrte Gesichter, Männer, die Menschen und Bestien zugleich sind. Verschwommene Welten. Lauter Pillen." "Was für Männer?" "Weiß nicht, lauter fremde Männer, die mir Angst machten. Aber vielleicht waren das nur Träume, oder ich bilde es mir ein. Keine Ahnung, ob es sie gab." "Okay..." Jakob wirkt ratlos. Ein paar Minuten herrscht Schweigen, bis ich explodiere. "Du willst mich nicht kennenlernen! Ich bin ein widerlicher Mensch! Ich habe ekelhaftes getan! Wenn du nur wüsstest... Am besten gehst du sofort und sprichst mich nie wieder an!" Er wirkt überrascht. "Was redest du da? Ich wette, du bist ein toller Mensch. So schlimm kannst du doch nicht sein, wie du dich darstellst." Mir laufen Tränen über das Gesicht und ich fühle mich lächerlich und verwundbar. Mir graust vor mir selbst. "Doch, du hast keine Ahnung, was ich getan habe..." "Wie meinst du das?" "In der Haft. Ich habe anderen Kindern wehgetan. Wenn ich die Augen schließe, sehe ich ihre panischen Gesichter. Beim Einschlafen höre ich ihre Schreie, ihr Flehen und Weinen. Anfangs haben die Wärter mich gezwungen mich von den älteren Insassen berühren zu lassen, doch dann kam es zu einem Zwischenfall... Ein Junge fing an mich zu schlagen. Ich weiß nicht was danach passiert ist. Ich erinnere mich nur mehr an den Anblick seines blutüberströmten Kopfes und seiner weit aufgerissenen leblosen Augen. Die Wärter standen alle nur da und lachten. Von da an ließen sie mich auf die Jüngeren los. Ich empfand solchen Drang ihnen Schmerzen zuzufügen. Es fühlte sich so richtig und so gut an, und doch war es, als wäre ich nicht ich selbst gewesen. Als stünde mein wahres Ich mit dem Gesicht zur Wand, ohne Interesse am Geschehen. Manchmal war der andere Insasse gleich stark oder stärker als ich, und es gab viele Zuschauer. Alles Männer in Anzügen. Als gäbe es einen feierlichen Anlass. Es kam zu blutigen Kämpfen, mit dem Ziel, den Anderen zu überwältigen und mit Perversitäten zu demütigen. Ich verstehe es, wenn du mich hasst! Ich tue es." Ich weine und schluchze, vielleicht das erste Mal seit Säuglingsalter. Jakob starrt nachdenklich ins Nichts. Nach einer gefühlten Ewigkeit durchschneidet seine Stimme die Stille. "Anna." Er dreht sich mir zu und nimmt mein Gesicht in seine Hände. Seines ist unheimlich nah. "Ich könnte dich doch nie hassen. Du bist nicht schuld, du bist doch fast noch ein Kind." Ich starre in seine eisblauen Augen und im nächsten Moment küsse ich ihn und er gibt nach. Die Welt scheint in Ordnung. Ich spüre etwas, ich glaube, es ist Glück. Doch im nächsten Augenblick sind wir nackt, und das Glück weicht der Verwirrung.

43. Mundtot

Vergangenheit/Psychiatrie

Ich weiß nicht warum, aber ich rede gerne mit ihm. Jakob. Als hätte ich gerade erst meine Sprache entdeckt und er teilt sie als einziges Wesen auf diesem Planeten. Also, ich versuche zu reden. Die Sätze formulieren sich in meinem Kopf, meist nicht zur Gänze, aber genug, um etwas auszusagen. Wir gehen oft spazieren oder in das Büro, ich darf nicht alleine raus... Ich brauche seine Gesellschaft. Und wenn ich sie kriege, ist es nicht genug. Als würde ich durstig staubiges Wasser trinken. Ich fange an etwas zu fühlen, und das überfordert mich. Ich will das. Ich will das nicht. Durch das Fenster neben meinem Bett scheint die Straßenbeleuchtung herein und wirft ein kariertes Muster auf den Schlafzimmerboden. Es ist befremdlich, in diesem dunklen Raum zu liegen. Alleine, doch in Gesellschaft der anderen Mädchen. Abgesehen von leisem Schnarchen und gemurmelten Wortfetzen ist es still um mich. Es ist befremdlich. Doch mehr Zuhause als ich es je hatte. Die Tage in meiner alten Zelle scheinen mir so weit entfernt und surreal. Als wäre nie etwas passiert. Ich bin in diesen Moment geworfen worden, und selbst dieser scheint nicht real. Als hätte es mich nie wirklich gegeben. Ich spüre mich nicht. Das einzige, was sich je real anfühlte, war Amadeos Existenz. Etwas in meinem Kopf blockiert den Gedanken an ihn, wehrt ihn ab. Verweigert die schmerzliche Erinnerung. Gerade noch hellwach drücken mich die Medikamente nun immer fester gegen die billige Matratze meines schmalen Bettes. Meine Augenlider werden immer schwerer, mein Körper schwebt frei und innerhalb von Sekunden wechsle ich Raum und Zeit. Ich begrüße diese Realität. Als sich das Dunkel lichtet, befinde ich mich in einem kleinen länglichen Raum. In diesem Raum male ich die Wände rot aus und spüre die Anstrengung in

Griechischer Wein

meinem Arm. Es ist ein helles leuchtendes Rot und ich gebe mir Mühe, sie gut aufzutragen, doch scheint es mir unmöglich. Vergilbte Stellen stechen optisch heraus und ich rolle die Farbe unzählige Male darüber, doch die Stellen bleiben sichtbar, sie scheinen sich sogar zu vergrößern. Ich rolle immer panischer und meine Muskeln schreien bereits. Ich nehme einen Pinsel zur Hand und versuche es damit. Das Rot fängt immer mehr an sich zu lösen, hinzu kommen neue Farben, Gemische aus der vergilbten, alten Wandfarbe, Staub, Dreck und Rot. Umso mehr ich rolle, desto mehr Transparenz verliert die Wand. Sie löst sich auf, doch bleibt die Fläche fest... Ich sehe nun meine Reflexion, sowie zwei weitere Gestalten, die immer mehr an Form annehmen. Aus Rauchwolken tauchen sie auf und werden sichtbar. Sie sehen aus wie ich. Der Anblick verwundert mich zuerst und ich blicke langsam zu jeder Seite, doch steht neben mir niemand. Beide Gestalten steigen durch die Mauer und werden zu Fleisch und Blut. Sie fixieren mich mit ihren bedrohlichen, dunkel umrandeten Augen, platziert in blassen Gesichtern. Es schaudert mich. Ich drehe mich und und laufe auf die Tür zu, doch sie verschwindet in der Wand und ist nur mehr aufgemalt. Sie scheint mit Ölfarben von einem Kind gemalt und schrumpft bis zu meinem Knie. Gleichzeitig schrumpft auch der Raum immer mehr zusammen. "Sie ist einfach zu verdammt schwach, eine unnötige Last." Einer meiner Doppelgänger spricht in einem unheimlichen Tonfall, doch mit meiner Stimme. "Besser, als eine zweite Version von dir, Domenic. Eine Spur Mensch brauchen wir zum Leben." Die zweite Stimme ist sanfter, gutmütiger. Die erste spricht erneut, in ihr ein wütendes Zittern. "Ja, aber wenn das so weiter geht, gehen wir alle drei zugrunde! Treffen wir wenigstens Sicherheitsmaßnahmen." Die zweite Stimme seufzt und erscheint plötzlich direkt an meinem Ohr zu sein. "Ich denke auch, das wäre besser..." Ich werde an jeder Seite gepackt und gewaltsam zurück zum Spiegel gezerrt. Mit rot verquollenen Augen stehe ich davor und erkenne mich nicht wieder. Die zwei Gestalten zu jeder Seite sehen aus wie dunkle Wesen, keiner Spezies zuordenbar. Sie machen mir den Mund auf und ich gebe sofort nach. Mein Körper steht nicht mehr unter meiner Kontrolle und ist nur mehr eine willenlose Puppe. Die Wesen greifen nach meiner Zunge und reißen an ihr. Etwas Kaltes umfasst sie. "Selbstoffenbarung macht angreifbar. Wieso versteht die das eigentlich nicht? Die ruiniert noch den guten Ruf, den ich mir aufbaue, Alex! Ich will nicht schwach dastehen." "Du hast keinen Ruf, jedenfalls keinen, auf den du stolz sein kannst." In der Reflexion erkenne ich das Objekt um meine Zunge und erstarre. Angelegt, eine Schere. Geführt durch meine eigene Hand.

44. Eisiges Blau

Vergangenheit/Psychiatrie

"Wirklich? Die Zunge? Krass." Jakob und ich stehen in einem versteckten Winkel des verschneiten Innenhofs und teilen uns einen Joint, den er mitbrachte. Leichtigkeit durchflutet mich und lässt fast vollständige Sätze aus mir sprudeln. "Glaubst du, der Traum hatte irgendeine Bedeutung?" "Weiß nicht..." Ich sehe ihn nie direkt an. "Naja, jedenfalls solltest du keine Malerlehre machen..." Seine blöde Bemerkung bringt mich zum Lächeln. Ich weiß nicht, ob ich jemals zuvor ernst gemeint gelächelt habe. Wir reden über alles und gleichzeitig nichts. Es bedarf keiner Worte, Präsenz genügt. In seiner habe ich das erste Mal das Gefühl real zu sein. Er scheint Dinge zu verstehen, die ich noch nicht einmal ausspreche, geschweige denn selbst verstehe. Alles ist weg, die Vergangenheit, die Zukunft. Alles, was real ist und zählt, ist der Moment. Wie durch eine Droge

Griechischer Wein

gibt er mir das Gefühl, zu sein. Ich will mehr und es ist niemals genug. Ich friere und er bemerkt mein Zittern. Lächelnd nimmt er mich in die Arme und umschlingt mich mit seiner Jacke. Er strahlt Wärme aus und ich versinke im markanten Geruch seines Parfüms, welches vertraute Gefühle in mir hervor holt. Wie ein Säugling, der den süßlichen, mütterlichen Schweiß inhaliert, während er sich an seinem Lebenselixier labt. Die vertraute Haut, die ihn einst gebar und seitdem festhält. Irgendwann einmal war ich dieser Säugling. Ich erinnere mich an den Geruch, und ich erinnere mich entfernt an das Gefühl. Und es zerreißt mich. Maskenmenschen haben keine Liebe zu geben. Jakob nimmt einen tiefen Zug, streichelt mein Kinn und atmet mir den Rauch in den Mund. Als er lächelt bilden sich die schönsten Grübchen dieser Erde. Seine Eltern müssen Götter gewesen sein. Eisblaue Augen sehen mich treu an und ich habe Raum und Zeit bereits verloren. "Wir müssen wieder rein, ich hab Dienstschluss." Als er spricht, spüre ich seine Stimme in seiner Brust vibrieren. Er lockert plötzlich seinen schützenden Griff und ich friere erneut. Es ist wieder soweit. Nun kommt sie, die unerträgliche Distanz. "Warte, nein! Fünf Minuten!" Ich fühle die Panik kommen. Wenn er geht, bleibt nur das Elend. Ich greife nach seiner Hand und führe sie unter mein Oberteil, versuche ihn zu küssen, alles, damit er nicht geht. Er ignoriert mein Bemühen und löst sich von mir. "Das geht nicht, das ist zu auffällig. Komm jetzt." Emotionslos geht er auf die Eingangstür zu und ich tapse wie ein dummer kleiner Welpe hinterher. "Jakob, bitte..." Eilig geht er weiter und ich komme mir lächerlich vor. Als wir beim Stützpunkt ankommen, teilt er in seiner freundlichen Arbeitsstimme seinen Kollegen mit, dass er mit der Patientin vom Ausgang zurück sei und nun Feierabend mache. Ich höre, wie die Kollegen ums Eck ihn necken. Kaum zurück, gehe er schon wieder, und ob er überhaupt mal was arbeite. Er neckt liebevoll zurück und es gibt sanftes

Gelächter. "Glückwunsch zum Baby! Hast du wenigstens dafür was arbeiten müssen oder ist das von selbst passiert? Hahaha" Eine Frauenstimme spricht belustigt. "Na, zumindest jetzt in der Karenz wirst du genug Arbeit haben! Richte deiner Frau von mir aus, sie soll dich schön ´rumscheuchen!" Er antwortet. "Haha, das wird sie ohnehin tun. Ich versteck mich einfach im Auto, da findet sie mich nie! Ciao Leute, vielleicht komm ich euch ja mal besuchen, aber eher nicht!" Als er sich verabschiedet, hat er ein aufgesetztes breites Grinsen im Gesicht und erschrickt, als er mich ums Eck entdeckt. "Was machst du denn noch da?" Er wirkt genervt, aber versucht ruhig zu klingen. "Ich dachte nur… Baby? Karenz?", meine Stimme ist zittrig. Ich bin fassungslos und stehe neben mir. Mir wird schwindlig. "Verdammt Anna, das geht dich nichts an!" "Aber..." "Nichts aber, ich diskutiere nicht mit dir!" "Was meint die mit Baby?" Er seufzt laut auf und versucht möglichst leise zu sprechen, doch ist seine Stimme sehr angespannt. "Schau, wir hatten etwas Spaß und jetzt geh ich in Karenz. Du bist Patientin hier. Das ist Arbeit. TRENNE das", zischt er mir zu. Ich stehe wie angewurzelt da, als er an mir vorbeigeht. Bevor er den Ausgang erreicht, drehe ich mich schnell um und rufe ihm hinterher. "Jakob, warte!" Er geht weiter. "Nein! WARTE!" Meine Stimme überschlägt sich. Ich schmettere meine Faust gegen ein Innenfenster und laufe verzweifelt schreiend auf ihn zu. "WARTE! JAKOB!" Ich falle auf die Knie, denn meine Beine wollen mich nicht mehr tragen. Er geht unverändert weiter. Aus dem Stützpunkt kommen zwei Pfleger eilig auf mich zu. "Ich brauche dich!" Unter meinen Fingernägeln sammelt sich Haut, die ich von meinen Armen schere. Meine Muskeln zucken unkontrolliert und meine Atmung rast so schnell, dass ich keine ausreichende Luftzufuhr bekomme. Die Pfleger packen mich und schleifen mich in Richtung des Stützpunktes, zum Arztzimmer. "JAKOB!" Die Tür fällt hinter ihm zu. Er hat sich nicht einmal umgedreht. Ich schreie unkontrolliert, schlage auf meinen Kopf ein und zerre an meinen Haaren. Meine Faust trifft einen Pfleger. Sie fixieren mich nun an ein Bett und legen mir etwas Süßliches in den Mund, das kurz darauf auf meiner Zunge zergeht. Alles ist so fern. Ich höre Schreie. Weit entfernt, meine Schreie. Trenne das...

45. Trenne das

Vergangenheit/Psychiatrie

Er ist weg. WEG! Meine Rettung! Meine Droge! Meine Seelenverwandtschaft! Die einzige Kreatur meinesgleichen! Wie soll ich leben? Er gab mir Leben, nahm es und gab es mir wieder, und der Kreis rotierte. Nun ließ er mich als Hülle zurück, blutverschmiert, verloren in einer Wüste aus Schreien des Entsetzens. Sie hallen durch mich, diese Schreie, und ich bin gezwungen, sie auszustoßen, doch nimmt es kein Ende, ich muss erst sterben vor Erschöpfung. Und doch wiederum kann ich sie gar nicht ausstoßen, ich muss sterben an dem Druck, der sich aufbaut als die Schreie immer größer werden und meine Haut zerreißen, um Freiheit zu finden. Meine Hülle ist zu wenig, sie ist zu klein, wie soll all dieses Entsetzen, diese Verzweiflung, da hineinpassen? Ich verhelfe ihr zur Freiheit und schneide sie frei. Es war ein schöner, letzter Moment mit dir und ich verstehe es einfach nicht. Wir waren zusammen, alles war gut. Ich gab dir meinen Körper, ich gab dir alles. Alles, was du wolltest. Ich gab mich dir, damit du mich benutzen kannst, denn was zählt mein Fleisch gegen dein Glück? Doch es war nicht genug. In einem Moment noch waren wir so glücklich, und im nächsten Atemzug kam die furchtbare Kälte über dich. Du distanziertest dich, einfach so. Als wäre nicht zeitgleich die Welt in tausende

Splitter zerbrochen! Als hättest du keinen Dolch in mein pulsierendes Herz gerammt! Als die Tür hinter dir zufiel, sah ich dich das letzte Mal. Danach hatte ich mich aufgegeben. Alles konnten sie mit mir machen, Gleichgültigkeit füllte mich aus gegenüber allem weltlichen Geschehen. Meine Schreie hast du nie gewollt, und ich gab mir alle Mühe sie zu unterdrücken. Doch ich habe versagt. Ich befreie sie nun, befreie mich von ihnen, und du wirst zurückkehren. Oder? Du meintest, ich würde dich mit hinunterziehen in meinen ewigen Abgrund. Schnitt um Schnitt werden meine Schreie, in roter Schönheit nach dieser Freiheit lechzend, aus mir fließen. Es wird alles wieder gut. Aber es war nie gut. Wie soll alles wieder gut werden, wenn ich das Gute nicht kenne? Was erlaube ich mir für blödsinnige Anschuldigungen. DU warst das Gute! Alles zu deinem Schutz, Jakob. Ich tue alles. Und wenn ich die Gefahr bin, werde ich mich vernichten.

46. Virus

"Wissen Sie, ich kann mich eigentlich überhaupt nicht erinnern." Die Antwort scheint den Mann nicht zufriedenzustellen. Erneut sitze ich ihm gegenüber und er blickt mir durch seine altmodische Brille geduldig entgegen. "An was können Sie sich denn so generell erinnern?" Ich überlege angestrengt und verstricke mich in Gedanken und Bildern, die bei näherer Betrachtung leer werden. "Wenn ich so überlege, an nichts eigentlich... Es ist so viel da, doch alles verschmilzt in einen Brei aus Realität, Gedanken und Träumen. Wenn ich versuche, danach zu greifen, dann ist alles wie ausradiert. Es ist nichts greifbar. Ich bin nicht existent. Wenn ich überlege, wie ich in diesen Raum gekommen bin, erscheint es so surreal. Es scheint mir, als hätte ich mir diese Schritte erdacht, doch sind sie nie passiert. Und nun sitze ich hier vor Ihnen, versuche sinnvoll zu sprechen und habe doch schon längst das Verständnis für meine Sätze verloren. Es ergibt rein gar nichts mehr Sinn. Meine Atmung beansprucht so viel Kraft, und doch scheint sie so fern. Doch... Ich erinnere mich an ein bestimmtes Gefühl. Ich kann es nicht in Worte fassen. Mischungen aus Glück und Schwermut. Kribbeln in der Brust. Es ist Musik in meinen Ohren, die mich empor hebt. An dieses Gefühl erinnere ich mich, und an ein Gesicht dazu." "Können Sie das Gesicht zuordnen, Anna?" "Ich weiß es nicht. Es scheint vertraut und doch so fremd. Es verschwimmt immer wieder, wenn ich es genau betrachten will. Es scheint eine Wand dazwischen zu sein, etwas, das es abtrennt." "Können Sie diese irgendwie benennen?" "Alex." Ich weiß nicht wo das herkam. Meine Gedanken schweben bereits umher und nehmen nicht mehr aktiv an diesem Gespräch teil. "Alex, Alex, Alex..." Mit aller Willenskraft versuche ich meine Gedanken zu sammeln und mich darauf zu konzentrieren, die Kontrolle über sie zu erlangen. "Es vermittelt mir Sicherheit, doch auch Taubheit, irgendwie... Lebensnotwendig, und doch steht es im Weg und ermöglicht kein reales Leben. Alex... Die Sicherheit, die Schutzhülle, die Taubheit..." "Sie spüren all diese Dinge in einem Namen? Gibt es auch eine Form dazu?" "Nein. Ja. Also ich. Es ist ein Teil von mir. Das bin ich, und doch wieder nicht. Verdammt, es ist kompliziert. Ich brauche Ruhe." "Es steht Ihnen jederzeit frei zu gehen." Der Therapeut lächelt freundlich, doch bringt er mich mit seiner Ruhe aus der Fassung. Warum muss ich einem Fremden mein Leben offenbaren, der doch garantiert kein Interesse daran hat? Warum sollte irgendwer Interesse daran haben? Was gibt es da schon groß zu berichten, außer lauter wirrem Gestammel? "Na gut, dann bis zum nächsten Mal." Ich stehe auf und taumle auf die Tür zu. Ein komisches Gefühl sitzt mir in den Knochen und ich habe Angst, mich nicht auf den Beinen halten zu können. Sie sind fremdgesteuert. Ich taumle den Gang entlang, mit meinem Zimmer als Ziel, doch führen sie mich nach draußen. Ich schnappe ruckartig nach der eiskalten, frischen Luft und sinke zu Boden. An die große Außenwand gelehnt sitze ich am eiskalten Boden und versuche den Moment zu erfassen. Meine Gedanken lichten sich. Es erscheint plötzlich alles klar. Wie bei einem Computer hat sich in meinem Kopf eindeutig eine Störung eingeschlichen. Ein Virus. Wenn ich meinen Kopf nun betrachte als Ansammlung unzähliger Daten... Bei Erschütterungen oder Alkoholisierung sterben Gehirnzellen ab, habe ich mal wo gelesen. Diese Zellen kann ich nun mit digitalen Daten gleichsetzen. Es ist simpel, es ist logisch, zumindest mir erscheint es so. Durch Erschütterungen könnte ich mit Glück diesen Virus auslöschen oder spalten, schwächen. Ich könnte frei sein. Mein Hinterkopf trifft mit aller Kraft, die ich aufwenden kann, die Außenwand, immer und immer wieder. Ich versuche es doch, ich will mich doch wirklich ändern. Ich gebe mir alle Mühe, aber die Mühe sieht man nicht. Wie denn auch? Ich bin verzweifelt, verdammt! Tablette um Tablette lasse ich jeden Tag passieren, lasse ich das Leben passieren. Aber ICH war ich noch nie. Diese Schläge sind ein Lichtblick, und sie fühlen sich so gut an, ein Ausbruch aus meinem Gefängnis. Sie sind real. Ich möchte wie sie sein. Wenn ich meinen Schädel öffne, was werde ich finden? Dämonen, die Karten spielen? Sie werden am Tageslicht verbrennen und flüchten. Ich werde die Kontrolle an mich nehmen, und ich werde endlich ich sein. Ein Lächeln breitet sich auf meinem Gesicht aus. Ich bin glücklich, euphorisch. Ich werde frei sein.

47. Die Heilung

Ich will hier raus. "Sie haben in den letzten Wochen wirklich enorme Fortschritte gemacht, ich bin beeindruckt." Es ist Mitte Dezember. Wieder sitze ich in diesem Raum und gebe mir alle Mühe, den Eindruck zu erwecken, meine Aufmerksamkeit wäre ganz da. "Danke. Ich glaube, ich hab´s wirklich verstanden, was mit mir nicht stimmt und will etwas ändern. Die Medikamente helfen mir auch." Ich bin zu dem Schluss gekommen, dass mein einziger Weg raus aus dieser Anstalt bedeutet, deren Spiel mitzuspielen, während ich mit aller Kraft versuche, mich selbst nicht vollständig zu verlieren. Sie wollen Schäfchen, die kuschen und streichel-weich in die Öffentlichkeit gehen. Das sollen sie haben. "Das freut mich zu hören. Wir haben einen interessanten Therapieverlauf hinter uns. Ich halte es für sehr gut möglich, dass sie noch vor Weihnachten entlassen werden können." Diese Unterhaltung liegt fast zwei Wochen zurück. Heute ist der 24. Dezember und der Himmel liegt in nebliger Dunkelheit. Unheimliche Stille füllt meine kalte, verstaubte Wohnung. So lange war sie nicht bewohnt und wirkt nun wie eine verlassene Ruine. Seit meiner Ankunft habe ich mein Bett kaum verlassen. Der Aschenbecher geht über und leere Bierdosen nehmen den Boden ein. *Oh Alex, du bist so verdammt schwach und verweichlicht. Sieh doch nur, deine Maskerade bröckelt!* Anna, ich heiße Anna... Stimmen dringen in meinen Kopf ein und hallen unaufhörlich. Ein bedrohliches Summen füllt die Pausen. *Oh Alex, so schwach, verweichlicht... Alex, schwach, verweichlicht... Alex, Maskerade, sie bröckelt... Maskerade...* Anna, ich heiße ANNA! Präsenzen engen mich ein, treiben mich in die Ecke. Mir bleibt die Luft weg. In der Ecke meines Bettes sitze ich zusammengekauert und halte meine Arme schützend um meinen Kopf. *Aaalex...hihihi...aaaleeex...* Die Stimme gewinnt an Ton, verhöhnt mich und kichert. *Du siehst doch, du schaffst es nicht alleine. Du brauchst mich, Alex.* Ich fange an zu winseln und an meinen Haaren zu zerren. Das muss aufhören. Etwas zerreißt mich innerlich. Ich muss doch irgendwie aus meinem Kopf flüchten! *Hörst du sie kommen? Sie sind am Weg zu dir. Sie werden nie ganz gehen. Immer und immer wieder werden sie dich finden. Aber ich kann dich heilen, Anna. Gib nach, er ist zu schwach. Du brauchst mich.* Etwas kommt auf mich zu, doch es hat keine Form. Es kommt immer näher und meine Panik steigt ins Unermessliche. Ich hämmere auf meinen Kopf ein, das muss aufhören! *Erinnerst du dich an sie, Anna? An ihre verschwitzten, grinsenden Fratzen! Anzugmenschen, sie kommen zu dir, schönes Kind. Oh, sie werden dich besuchen und so viel Spaß haben! Wie so oft zuvor, du musst dich doch erinnern! Aber ich kann dich von ihnen befreien, wenn du willst. Ich kann dich schützen. Es wird ein Blutbad, so ein Fest! Wir greifen an, und sie werden es nicht erwarten. Wir werden die ersten sein.* Ich winsle und schreie, zerre an meinen Haaren, spanne jeden Muskel an. Abrupt lässt mein Körper die Anspannung los. Ich nehme keinen weiteren Atemzug. Meine Lungen sind leer und brennen. Ich erwache nach Luft schnappend in der Ecke mit einem Grinsen im Gesicht und Hass im Blick. Süßer, süßer Hass. Es wird wunderschön sein. Angriff.

48. Der finale Schuss

Der Himmel ist in Rauschschwaden getaucht. Heute vor einem Jahr war ich noch eine seelenlose Marionette. Morgens quälte ich mich aus dem Bett, um den Tag zu einem Mindestlohn mit Arbeit zuzubringen, damit die Reichen reicher werden können. Es war unvermeidbar, dass ich einknicke. Keine Droge kann eine Hülle ewig in Bewegung halten, doch zu Boden reißen, das kann jede. Es ist viel passiert, doch nun sitze ich erneut hier im Café, in mehr Rauch als Atemluft gehüllt. Die Gäste tanzen auf den Tischen, wiegen sich in den Armen, schwören sich ewige Treue. Es ist ein mir bekanntes Szenario. Doch nun herrscht in mir friedvolle Resignation. "Na, Anna? Bist aber lange untergetaucht! Egal, jetzt bist du zurück, das feiern wir!" Elkes gerötete Fratze verteilt aufgeregt kleine Spucketröpfchen in meinem Gesicht, während sie mir ihren Lobgesang über den tollen Abend entgegen lallt. Ich lächle und bestelle eine weitere Runde für das ganze Lokal, als die Wirtin sich angeheitert zu uns gesellt. Elke quietscht erschrocken auf. "Noch eine? Sag, hast du im Lotto gewonnen?" Ich schmunzle über ihre leichte Besorgtheit. "Schön wär´s, aber ich habe einfach einen spendablen Tag. Was bringt einem Geld, wenn man es nicht ausgibt und anderen eine Freude macht?" Vor Rührung wirft sie in dramatischer Manier ihre Arme um mich und ich zucke erschrocken zusammen. Sie kriegt das nicht mit, und ich beschließe ausnahmsweise meine Eigenheiten etwas zu unterdrücken. Trotz dem herrschenden Alkoholpegel im Café ist es noch relativ früh am Abend. Die leeren Gläser stapeln sich am Tisch und die Gäste trinken so, als wollten sie das neue Jahr gar nicht erst erleben. Einen gebührenden Abschluss, den wollen sie. Einen gebührenden Abschluss, den kriege ich. Friedvoll beobachte ich Gäste, die zu Peter

Cornelius mit-wippen und begeisterte, wenn auch schiefe Laute von sich geben, die das Lied stützen sollen. An diesem Abend lache ich, und ich lachte nie zuvor. Der Gesang verstummt und wird ersetzt von den schrillen Klängen eines Saiteninstrumentes. Ich erkenne das Lied bereits am ersten Takt. Darauf habe ich gewartet. Sentimentalität und eine Mischung aus wehmütigem Glück durchströmt mich.

"Griechischer Wein ist wie das Blut der Erde,

komm schenk dir ein, und wenn ich dann traurig werde,

denk ich daran, dass ich immer träume von daheim,

du musst verzeih´n."

Ich lege mein restliches Geld auf die Sitzbank und nutze die Unaufmerksamkeit meiner Bekanntschaften, die sich der Musik und dem Alkohol hingeben, um das Lokal unbemerkt zu den letzten Klängen von Udo Jürgens zu verlassen. Als ich aus der Türe trete, kommt es mir vor, ich wäre in einer anderen Welt, und was gerade noch hinter mir war, wäre Tage entfernt. Anstelle des warmen Rauches und grölenden Lärms begegnet mir eiskalte frische Luft, vermengt mit dem aufdringlich bedrohlichen Geruch von Schwarzpulver. Es herrscht mystische Stille, die einem das Gefühl gibt, sie wäre eine durchschneidbare Masse. Ab und zu wird sie durchbrochen von vereinzelten Knallgeräuschen, die in ihrer Lautstärke und Intensität variieren. Ich habe das Café verlassen, um das wunderbare Gefühl dieses letzten Liedes in mir zu behalten. Bemüht, das Gefühl beizubehalten, bewege ich mich auf mein Wohnhaus zu und sperre die Tür des Gebäudes auf. Ich steige die schmalen, unebenen Treppen hoch, doch halte nicht an meinem Stockwerk. Als es keine weiteren Treppen mehr zu steigen gibt, stehe ich um Atem ringend vor einer Metalltüre, an ihr ein Schild mit der Aufschrift "Zutritt verboten". Mit aller Kraft stoße ich sie auf und finde, wie erwartet, eine kleine Plattform vor. Die Sorge, jemand wäre hier, um das Feuerwerk zu beobachten, stellt sich als unbegründet heraus. Dieses kleine Versteck ist in absolute Vergessenheit geraten. Auf diesem einsamen Dach sitze ich nun und nehme jeden meiner Herzschläge wahr. Die eiskalte Luft peitscht mir ins Gesicht. Meine Nase fühlt sich taub an. In diesem letzten Jahr habe ich viel über mich selbst gelernt, wenn man das so sagen darf. Alex, Domenic, Amadeo... ich liebe euch. Aber es ist Zeit für euch zu gehen. Ihr geht, und mit euch gehen all meine Dämonen. Fern von meinem Körper werde ich sie schlachten, und es wird wundervoll. Ich muss ihnen dort begegnen wo sie auch greifbar sind für mich, und das schließt diese Welt aus. Ich zünde mir eine Zigarette an und inhaliere die ersten Züge tief, halte sie mir vors Gesicht und beobachte die Glut. Schmunzelnd spreche ich zu mir selbst. "Anna, nächstes Jahr hörst du auf mit diesem Mist." Als die Glut am Filter anlangt, drücke ich den Stummel aus und ziehe einen Gegenstand aus meiner Tasche. Das kalte Eisen liegt schwer in meiner Hand und verspricht eine Peripetie. Die Uhr schlägt Mitternacht. Eine Komposition aus Feuerwerk erleuchtet den Nachthimmel.

Der letzte Schuss durchbohrt meinen Kopf. Er fällt niemandem auf.

Liederverzeichnis

Folgende Künstler*innen und ihre Werke wurden im Buch zitiert:

S. 2.:

Sarah Jaffe - „Swelling"

S. 55.-56.:

Andrea Berg - „Du hast mich tausend Mal belogen"

S. 62.-66.:

The Cure – „Love Song"

S. 58-60., 66., 147., 250.:

Udo Jürgens - „Griechischer Wein"

S. 93.-93.-94.:

Nine Inch Nails - „Every day ist exactly the same"

S.102:

Frank Sinatra - „My Way"

S. 147., 161. – 164.:

Hansi Hinterseer - „Du hast mich heut' noch nicht geküsst"